遇見你的燦爛時光

Meet You at Splendorous Time

倪小恩——著

【推薦序】／琉影

很高興收到倪小恩的邀請。

記得當初在POPO原創上認識小恩的時候，她的筆名還是很可愛的奶茶魚，為此我還去翻了一下留言，那個年份久到讓我忍不住撇頭無視，真是時光飛逝呀。

印象中她當時還在念書，寫起有關霸凌的故事時，生動的筆觸讀起來很深刻，讓我覺得她好像親身經歷過，後來才得知她是觀察身邊人事物寫出來的。

之後她改了筆名，在將近十年的時間裡，她保持初心持續不斷地寫作著，累積了一部部的作品，也見到她在社群的動態上，積極地參與和分享許多寫作活動，一步步實現了自己的夢想，交出第三本書的成績。

這個故事前面閱讀起來很輕快，小恩以活潑的筆調寫出男女主角打打鬧鬧的日常，但是在歡笑的背面，每個人都有著別人無法明瞭的煩惱，有來自家庭的、有人際關係的。

其中最讓我印象深刻的，就是女主芊甯遭遇到校園裡的性騷擾。在現實生活中，那類事情往往因為沒有造成重大傷害，受害者大多選擇沉默，事件隨著畢業被時光掩埋。

但是故事卻給了讀者一個圓滿結果，尤其是介祥的那一拳，還有梓齊溫柔送給芊甯的臨別禮物，無不讓人感到大快人心。

故事後面有開虐，至於虐了什麼這裡就不爆梗了，雖然芊甯在情感上曾經迷路、曾經一度逃避、也傷害到了別人，但最終還是坦誠面對了自己的心。

在此恭喜倪小恩新書出版，也推薦更多人去認識她的文字！

【讀者落淚推薦】

「看哭了……結尾有溫馨的氛圍，提到芊宥時心頭有種悶悶的苦澀感，但梓齊和芊甯最後的好結局還是讓人忍不住微笑，很喜歡這本書。」——陌穎

「真的很喜歡小恩的作品，總會有某些橋段讓我感動到哭，而每次看完後畫面都會清晰的刻印在腦海中揮之不去。」——楓錚

「這種虐心的情節我真的受不了啊！裡頭有淚水也有珍珠，只能說小恩的文筆太厲害了，看了這篇，感覺她的功力又更上一層。」——龍寂

目次

第一章

空氣中伴著海水味傳進了我的鼻腔，還在睡夢中的我不禁擤了擤鼻子，睜開眼睛的同時也聽到蚊子聲，模糊視野中我看見有隻蚊子在我眼前飛，嗡嗡嗡的吵不停，最後停在我的鼻樑上，我下意識的伸手一打——

「啊！」

我想，我的聲音打破了這寧靜的早晨。

「好痛……」我起身走到鏡子面前看著我的鼻子，蚊子被我打了扁，奄奄一息的躺在我的鼻子上。

「好痛哦……」我喃喃自語，抽出衛生紙往鼻子擦了擦，用力的將上頭的血漬給擦乾淨。

疼痛的鼻子被我擦拭後紅得更厲害，哀怨地將睡衣換下，我隱約聽見了外頭傳來爸媽的談話聲，雖然不知道他們在和誰說話，可從談話的內容得知，隔壁新搬來了一戶人家。

我有點好奇新鄰居是怎麼樣的一家人，鬧鐘卻在此刻響起，急促的聲響好像在催促我動作要快點，於是我趕緊拿了書包走出房間。

「醒了？我正打算去叫妳欸！」餐桌上，弟弟芊宥雙手拿著吐司放在嘴邊咀嚼，我拉開他對面的位置，低頭快速的吃起早餐，連應聲也沒有。

「鼻子怎麼了？」他問，我搖搖頭，含糊地說著：「被自己打的。」

說話的時候我忘記刻意將吐司移開嘴邊，吐司夾層中那沒有熟的蛋液就這樣直接沾上我的嘴角處，一抹溫熱的液體黏上，我不禁為自己今天第二次的蠢事拍了拍頭。

拜託清醒一下，吳芊甯。

芊宥伸手抽了張衛生紙給我，我接了下來順勢往嘴角處擦上。

「等等妳騎車還我騎車？」他問，低沉的聲音聽起來平穩。

「我騎車嗎？」他再度問，將最後一口早點塞進了嘴裡，拿起一旁的書包，將書包背帶擱在自己的肩膀上。

「你騎車好了，我早餐帶著吃。」我起身，同時背好書包，然後快速的將早餐塞進袋子中。

「走了。」我與他走向玄關處，穿上皮鞋後我拉開了家中鐵門率先走出去，見到隔壁鄰居家的前方停了一輛搬家貨車，搬家工人正合力抬著家具緩慢移動，爸爸媽媽兩人正站在家門前與一位沒看過的長輩聊天。

看來，這應該就是新鄰居了。我心想。

也許聽見了開門聲與走路聲，他們三個大人紛紛轉頭過來看向我們，我微微的頷首微笑，芊宥這時候也將腳踏車牽出了家門。

「芊甯、芊宥，跟叔叔打聲招呼。」媽媽說。

「叔叔好。」我們姊弟倆異口同聲的說。

那位鄰居叔叔微笑的朝我們揮手，他頭髮有些花白，眼角處明顯的魚尾紋浮出，看起來年紀應該比爸媽更大一些些。

「姊，上車了。」芊宥催促我，我趕緊爬上腳踏車後座站好，一手小心翼翼的扶著他的肩膀，一手拿著剛剛還沒吃完的早餐打算就這樣解決掉。

上頭的陽光將我們身上的制服照耀的更加純白，上半身的白淨制服與下半身的黑色制服裙或是制服褲，這種制服的設計其實常見，雖然死板可卻也單純。

我們居住的地方算鄉下地方，位在海的附近，近到只要經過三條街就可以看到藍藍的一片海，若是居住在五層樓以上的人，從窗外眺望出去也可以看到波光粼粼的海洋。

湛藍的海閃閃發光，彷彿有種吸引人的魔力，經常是學生們翹課會去的地方，而且很明顯的，凡是去海邊的人，身上都會留下海的味道，以及藏在制服細邊裡的細沙，翹課的那些同學們即便不承認自己到了海邊，可衣服上面的味道無法騙人。

我們家離高中很近，腳踏車的車程只要五分多鐘就到，此刻腳踏車已經穩穩地騎進校門口停在樹蔭下，我從腳踏車跳下的時候，早餐正好吃完。

「謝啦！」我拍拍芊宥身上揹的那厚重書包。

吳芊宥小我一歲，是高一的學生，我則是高二生，鄉下高中很好考進，只要有基礎的實力任誰都可以考進，也因此這間學校的學生組成就如同一鍋大雜燴一樣，有成績好的，也有成績差的，相對而言，有操行好的，也有操行差的。

學校也沒有什麼資優班或是放牛班的制度，每一個班的組成也都是混亂的，這就要看每個班級班導的幸運程度與管轄功力了。

而我們班的班導幸運程度就不知道該歸在好還是壞了，因為學年度的全校第一名在我們班，全校最後一名也在我們班級裡面。

與芊宥一同往教室方向走去，高一生分配在第二層樓，高二生則是分配在第三層樓，所以抵達二樓樓梯口的時候，芊宥向我道了別，我抬起腿繼續爬樓梯，卻突然有個人影飛快地從另外一旁出現，差點就撞上我。

「啊哈——」是班上的男同學，明明知道自己差點撞上人但他臉上卻沒有任何歉意，深邃的眼眸直盯著我，然後頑皮的笑了笑，「班長早安啊！」

見他揹著書包，我瞠眼，不敢置信地看著對方，「不會吧？程介祥，你要翹課啊？」

「咦？班長莫非是我肚子裡的蛔蟲啊？」程介祥說完還拍了拍自己的肚子，我見到那有些凌亂的制服下擺，最底下的扣子因為沒有扣上而露出了他裡面的黑色背心，制服也沒有紮進去。

聽見他的回答，我無語的看著他。

「對哦！今天是大潮之日，我要去看海——」他大方的承認，更讓我不知道要回應什麼。做壞事還這麼明目張膽，他是把學校給他的警告與小過那些當作是集集樂，可以換獎品嗎？

「掰啦！班長，上課認真一點哦！」他說完正要轉頭，卻又轉過身，「還有，幫我跟老師說我是因為爸爸生病然後回去看他！」後面跟著兩三名也是班上的學生，他們也都是一樣嘻嘻哈哈的離開。

我無語地看著他們的背影，沒有任何的遲疑，走進教室放好書包後，我就往導師辦公室走去，導師辦公室的窗戶大開，外頭的陽光就這樣灑進，為辦公室裡頭添加了許多生氣與亮度。

早自習的辦公室，日光燈只開了幾盞，其餘的光亮都是因為外頭斜照進的陽光。

我往裡頭看了看，在經過某個老師的座位時，我看到有一名男同學站在那位老師的面前，他看起來像個乖寶寶，純白制服上面沒有任何一點的皺褶，直挺挺的襯著他那有點瘦的身材，他長得很清秀，眉宇間透漏著一股說不出來的氣息，是種清淨的感覺，這比喻有點奇特，也許是因為剛剛見到了程介祥的關係所影響的……

我確信自己是第一次見到這名同學的，於是又好奇的觀察他，他身上的書包是新的，黑黑淨淨的，不像程介祥那般人那樣在上頭用立可白做了好多鬼畫符。

是轉學生嗎？這是我突如其來的想法。

這名同學散發著一種像是純淨空氣般的感覺，除了淨，也靜。

只見他面前的老師對他說了一串好長的話語，都不見他有任何回應，僅僅是點頭而已，他點頭的瞬間我看見他額前的髮落在他的眉梢上，好像有些過長……

凝視了一陣子後我收回目光，繼續站在原地等待班導。

大約過了一分鐘，班導手上拿著一杯咖啡走進辦公室裡面，「芊甯，找我嗎？一大早的什麼事啊？」

「小唯老師，我剛剛進教室的時候看到程介祥他們幾個男生又翹課了……」

班導一聽，原本臉上的微笑瞬間垮下。

「他們說要去看海。」我說。

「看海啊……」小唯老師嘆口氣，「想看海什麼時候都看啊！非得要挑上學的時候，根本就是故意整老師的嘛……」

我沒有說話，只是靜靜地站在她面前。

也由於安靜，身後不遠處的方向傳來了那名老師的談話內容，「白梓齊同學，若有任何問題歡迎隨時問班上的同學。」

「嗯，知道了，謝謝老師。」這聲不疾不徐的回應應該是剛剛那名男同學的聲音，有點磁性的好聽，而且聲音跟他給人的感覺一樣的純粹且純淨。

我又抽回自己的注意力，覺得自己不應該這麼好奇那名男同學的，又不是我們班上的人啊……這次見面可能也只是曇花一現而已，搞不好從今天開始到畢業的那天我都再也不會遇到他也說不定。

「妳可以回教室了，早自習不是要考試嗎？快回去準備一下。」

「好。」我點頭轉身，轉身的那一瞬間看到芊宥走進辦公室，他看見了我，對我挑了眉，這是他對我的招呼方式。

我朝他揮了手，抬起腳步準備離開辦公室。

「姊，妳便當在我那裡。」他小聲的說。

「噢……」我想到今天出門的時候芊宥他順手拿了我的便當盒，而剛剛抵達學校的時候他也沒有拿給我，我也忘記跟他拿了……

「好，我等等去你們班找你。」我說，說完後快速的離開。

走進教室裡，明明知道程介祥他們一夥人集體翹課的事實，可我目光還是不由自主地往那幾個空座位看過去，座位以程介祥為中間點，他率領著前後左右座位的同學翹課，還真是一位良好的領導者，只是他的領導用錯了地方。

不久，鐘聲響起，我離開座位走向講台，從講台抽屜裡面拿出一綑考試卷，一一的發給同學們寫。早自習的時間，教室內不斷的傳來此起彼落的書寫聲，沒有多久，我就將考卷寫完了。

我悄悄的從座位起身，走向副班長的座位，小聲的跟他說我要去我弟教室拿回我的便當盒。接著我才離開了教室。

走廊上空蕩蕩的，我的腳步聲顯得有點明顯，怕吵到其他班的同學早自習，我刻意放輕腳步，走了一小段路，抬頭看著外頭的天氣。

湛藍的天與棉花般的雲朵，簡單的組成卻勾勒出一幅想往天空方向走去的美景，看來程介祥他們挑對了一個完美的時機，這時候的海不知道看起來怎麼樣呢……

搖頭甩開這些思緒，我走到芊宥的教室外面，他們班並沒有舉辦考試，我的目光飄向他們班的最後一排，因為芊宥這學期的座位就是在最後一排，望過去的同時，我卻被他身邊那個座位上的人給抓住了目光。

我記得他們班上的這個座位並沒有坐人，而此時此刻卻坐了一名男同學。

他直挺挺的坐在三分之一的椅子上，微微垂下頭認真的閱讀桌上攤開的課本，我感到有點訝異，因為這個人竟是剛剛在導師辦公室遇到的那名男同學。

「學姊，妳找吳芊宥嗎？」靠窗的同學發現我的存在，抬頭問我。

「對，他在嗎？」我問。

「他跟班長兩個人去幫老師的忙，學姊，要幫妳轉達什麼嗎？」

「那你幫我跟他說……我拿走了我的便當盒，他就懂了。」我又問：「我可以進去拿便當吧？」

「可以啊！妳自己進來吧！」

我放輕腳步走到芊宥的座位，看到有兩個便當袋掛在他的椅子上。

輕輕的扯了便當袋的帶子，我以為可以輕易的拿走，但由於芊宥又在上頭掛了他的手提袋，手提袋的帶子整個壓住便當袋的帶子，重量很沉，也不知道芊宥在手提袋裡面放了什麼東西……

我最後決定先將他的手提袋給先拿開，當腦中有這個想法的時候，旁邊傳來了一個聲音：「需要幫忙嗎？」

瞪大眼睛，我微微愣住，下一秒鐘就與這名男同學對上眼。

他盯著我看，黑白分明的眼珠子動也不動的停留在我身上，剛剛在導師辦公室察覺到的純淨氣息此刻從他身上渲染出來。

不對……是聲音的關係，他的聲音聽起來很純淨，好像是幽谷中聽見的聲息。

「我……」我話還沒有說完，他就從他的座位站起身，一隻手輕易的就將那沉重的手提袋拿開，我看著他的纖細雙手，愣愣地說：「謝謝你啊……」下一秒鐘趕緊將我的便當袋給拿出來。

「謝謝。」不自覺的，我又說了一次。

「小事情而已。」他那爽朗的聲音再度響起，見我將便當袋拿好後，他將手提袋掛回去，轉身又坐回他的座位上。

我的目光再度停留在那個袋子上，悄悄地拉開看想知道裡面到底裝了些什麼，可卻在我拉開的那一瞬間，旁邊這同學又說話：「我覺得……不要窺探別人的隱私會比較好。」

對上他的眼眸，他的眼眸靜如止水，眸光沒有任何一點波動，這感覺好像是做錯事情被抓到的那一瞬間，可我沒有做什麼壞事啊。

「同學，你誤會了，我是他的——」急於解釋，我沒有注意到便當袋的帶子什麼時候脫離我的手掌，也許我從剛剛就沒有抓好也說不定，就只是這一剎那的瞬間，手上的便當袋就這樣直落下去，用力的砸在了地上，發出了不小的聲響。

砰！

打破寂靜的這一瞬間，教室有了騷動，每個人的目光都看向我。

「對不起，我不是故意的。」說完我趕緊逃離教室。

「喂，便當……」

我幾乎落荒而逃，逃到了樓梯的瞬間才發現自己兩手空空，那掉落在地上的便當忘記撿起，於是我又轉身打算回去拿，卻見到我身後站著剛剛那名男同學。

「便當在這裡。」那名男同學說，眼睛裡面有些微笑意在，這笑意好像在嘲笑我剛剛發生的蠢事。

「謝、謝謝……」我接過便當，低下頭不敢看他。

「妳對我說了好多次謝謝。」

唉，我不得不承認，他的聲音真的好好聽，很像幽谷中那溪水的流動聲，每一個字都是那麼的清淨、舒服。

我抬起頭，頓時之間很想問他未來是不是要走歌手路線或是廣播路線的，但面對一位今天才剛剛見面的人，這些問題有點冒犯，最後我吞進了肚子裡面。

「吳芊宥是我弟弟。」我解釋剛剛為什麼想要看芊宥手提袋的行為，「他的書包已經夠重了，我只是好奇他手提袋裡面裝了哪些書……是不是可以整理一下，有些課本不是天天用到，天天帶在身邊只會添重量。」

他似懂非懂的表情。

見到他都不回答，我的表情變得有點為難，「反正……我不是什麼奇怪的人在偷看他的東西……」總覺得自己越解釋越亂，最後我胡下個總結：「你如果看到他，就跟他說便當盒我自行拿走了。」

「好。」

走回教室的時候我還想著剛剛發生的蠢事，覺得有點丟人，晚點芊宥他應該也會知道，這件蠢事再加上早上起床誤打自己的鼻子，不會吧？八字是顯示我今天犯沖嗎？

我小心翼翼的過完這一天，好險沒有再發生什麼蠢事，放學時刻我站在芊宥的教室外頭等著他，目光卻不自覺的飄向今天那名男同學，那名男同學正慢條斯理的收拾著書包，接著與芊宥一同走出了教室。

「這位是我姊。」因為見到了我，芊宥順便介紹我。

「哦……」那名男同學朝著我點了頭，臉上淺淺一笑，「便當姊，妳好。」

我愣住，下一秒鐘瞪大眼睛，不敢置信的看著他，「便、便當——？」

什麼？便當姊？

「妳今天在我教室不是摔了便當嗎？」芊宥不禁笑了，「然後，他就叫妳便當姊啦，哈哈……」

我聽了有些氣急敗壞，「我叫吳芊甯！吳、芊、甯！什麼便當姊？不然就叫學姊！」要不是克制住自己，我好想要跺腳。

「妳好，我叫白梓齊。」他從容不迫地對我說。

我與他兩人，此時一動一靜的，一水一火的，形成了強烈的對比，讓芊宥一頭霧水的看著我們。

經芊宥說明，我這才知道白梓齊是今天剛轉進他們班的轉學生，這也驗證了我早上在導師辦公室的猜測。

回到家，隔壁鄰居家的鐵門敞開，鄰居叔叔正坐在家門口搧風，我見到一整組的茶具被他搬出來擱在地上，他悠閒的倒著茶，見到我跟芊宥，舉手對我們揮了手。

若不是嘴角明顯的勾起，叔叔看上去一副不苟言笑，看起來是位嚴父。

「叔叔好。」我跟芊宥在爸媽的教導之下一直是個很有禮貌的小孩，見到長輩都會打招呼。

晚飯過後，垃圾車的音樂遠遠的就聽到，我提著家中的垃圾袋，打開了鐵門。

同樣也是準備要倒垃圾的鄰居們都站在自己的家門口，在等待垃圾車來臨的同時彼此聊個天，我站在家門口看著地上，沒幾秒就被新來鄰居的開門聲響嚇到，我以為出現的會是叔叔，但卻不是。

當我看到那人的時候，我不禁睜大了眼睛。

而對方看到我的同時也愣住了。

「嗨，便當姊，這麼巧，原來妳跟芊宥住在我們家隔壁啊？」

瞬間，我差點咬到自己的舌頭，但還好我沒有真的咬到，如果咬到了我今天發生的蠢事又要添上一樁了，這我可不能接受。

沒有想到，原來……原來新搬到我們家隔壁的就是芊宥他們班的那位轉學生，白梓齊。

幾乎每天的早晨都在與時間奮戰，我跟芊宥都準時七點出門。

這一天早晨，我牽好腳踏車，芊宥揹著書包從家裡走出，關上鐵門的那一瞬間，隔壁鄰居傳來了聲音。

「你們早。」

芊宥轉頭道聲早，他看起來挺開心的，從小到大第一次有位班上同學正巧住在隔壁，這巧合是他從來沒有遇過的，當時得知了這件事情，他還不信，非得要去按隔壁家的門鈴做確認。

「不會吧便當姊，妳要載妳弟啊？」

我輕瞪了白梓齊一眼，抬起下巴，「少瞧不起人了。」

「我沒有瞧不起妳，我只是覺得很震驚。」他邊說邊跨上他的腳踏車，「一般女生沒有這麼大的力量吧？」

「可偏偏我就是有。」我攤手。

我跟芊宥一直都是這樣子互相載對方去上學的，從國中開始到現在也有三年多的時間了，除非有一方請假外，沒有一次例外。

「那妳很厲害哦。」他的嘴角微微扯出一點弧度，臉上僅僅只有這一點點的變化，讓我覺得有被對方敷衍的感覺。

所以這一趟去學校，我便故意加快腳踩踏板的速度，想把白梓齊這個人給甩掉，最好甩得遠遠的讓他刮目相看，可因為我載著芊宥，就算腳步踏得再怎麼快還是無法將他給甩掉。

騎到了學校，我微微喘息，有點不悅的看著芊宥蹲身將腳踏車給鎖上，自己瞪著那湛藍的天空，調整自己錯亂的呼吸。

「便當姊，走囉。」

「欸，我叫吳芊甯，你不要一直叫我便當姊！」因為剛剛甩不掉他，於是我故意把怒氣發洩在他身上，好吧……我承認我有點幼稚。

「哦……」他根本就在敷衍我，轉頭臉朝著走在後方的芊宥點了一下頭，「等等便當記得拿哦。」

「用不著你提醒。」我轉身跟芊宥拿了我的便當盒，卻在拿的那一瞬間便當袋從手中滑下，跟那一天在芊宥教室一樣，便當袋又直直的掉落在地上，敲了一個大聲響。

砰！

附近的同學目光都往我們身上看，我無言地撿起便當袋，瞬間有想拿便當丟人的衝動在。

「妳是多討厭妳的便當啊？那可是吃飯的傢伙欸……」白梓齊挑眉。

「不小心掉的啦……」我將便當袋的帶子纏在手掌上以免再度滑下。

「芊宥，你姊一直都這麼冒失的啊？」他轉頭看著芊宥，芊宥凝視著我不到一秒鐘的時間，完全沒有任何思考的就點頭附和。

「對。」

這小子……

「還有便當姊，我剛剛一直想說要等妳自己發現……但覺得妳會發現的機率挺小的，妳的嘴角上有個白白印子，應該是牙膏。」

我一驚，一臉不信的從書包裡面拿出小鏡子，他沒有騙人，我的嘴角處真的沾上了牙膏。

不會吧？所以我剛剛就這樣子從家裡來到了學校啊？

無語的擦了嘴角，我瞪向芊宥，一副責怪的意味，他一臉無辜的看著我，「我又沒有注意妳的臉……」

我表情僵硬的看向白梓齊，一點想道謝的意願都沒有。

「妳不用謝也沒關係，我助人為快樂之本。」他這樣說。

到了學校才跟我說，這是助人嗎？根本就是想看我出糗吧？

這天的早自習時間，是每週的升旗典禮，大家在鐘聲響起的那一瞬間開始往走廊集合，集合完畢我帶隊到操場，隊伍最後方的男生不停的在騷動講話，我走過去，故意裝兇，「程介祥，可以安靜一點嗎？」

「班長好兇哦——」他故意環抱著自己的身體，假裝起害怕，如此的滑稽樣讓周圍的同學笑了開來。

我瞪著他，「不要吵啦！教官來了我看你怎麼辦？」

「但我一不講話就會全身發癢欸！這是一種文明病，懂嗎？」根本完全是胡說八道的理論。

我撫著額頭，轉身不打算理會他了，低頭看著時間，我走向副班長，跟他簡單的交代一下後，我往司令台的方向小跑過去。

因為我等等要上台接受頒獎。

小唯老師身為我們班的班導師，運氣不知道該分類在好還是壞，全年度的第一名在我們班，也就是我，我是以第一名的成績考進這所高中的，從高一開始到現在，我每次段考都拿全校第一名，而全年度的最後一名學生就是程介祥，是個經常讓小唯老師頭痛的搗蛋學生。

升旗典禮開始，伴著天空撒下的黃金粉末，太陽此刻很捧場的高掛在上頭，今天的天氣很美好，空氣中還夾帶著遠方飄來的一絲海味，當全校師生一起唱完國歌後即開始進行頒獎。

「接下來頒發第一次段考的成績，高一全校第一名許國維，第二名張瑋婷，第三名李文裕，高二全校第一名吳芊甯……」

當聽到我名字的時候，我與前方的高一生依序上台接受校長的頒獎，領到獎狀與獎品後我緩步的走回自己的班級，也感覺到所經之處，都有周圍同學們傳來的目光，這目光有羨慕、有忌妒、有好奇、也有無聊。

就像程介祥，他看到我走回班級時，雙手插在口袋中，微微嘟起嘴做起鬼怪的表情，還吐了舌頭。程介祥的髮有刻意往上抓，臉上有著濃眉大眼與深邃的五官，給人一種叛逆的壞感，他的制服紮得不是很好看，顯然是隨意塞進制服褲裡的，可見剛剛我在台上的時候有教官來過，否則以他的性格他怎麼可能會乖乖將制服紮進去？

他繼續朝著我做鬼臉，但我沒有任何表情，連看都懶得看，默默的轉身回到自己的崗位上站好。

酷熱的太陽讓底下的人開始流汗，有了一些小騷動，我擦了擦額頭的汗水，用力的吐了口氣，像是想將心裡面所有的不耐煩都給吐出來一樣……

約莫過了十分鐘，台上的主任終於放過大家，大家一哄而散，原本整齊的隊伍瞬間亂了，有的人往福利社的方向跑去，有的人則是往自己的教室走去。

我舉起手擦拭額上又凝結出來的汗水，空氣中的潮濕讓人覺得不舒服，悶得受不了。

如果有風吹來就好了，至少帶來點涼爽，不會讓人這麼的不舒服……

「走啦！要喝冰的！」熟悉的聲音從身後傳來，接著一陣風從我左肩擦過，也就在這一瞬間，那笑聲從我身後傳到身前。

我抬頭看到程介祥笑嘻嘻的摟著班上男同學的脖子，兩人友好的緊靠在一起。

順著我凝望的視線，他開口：「班長，妳要嗎？」

我知道他只是順口問問，並沒有真的要幫我買水的打算，而我實在是因為太熱太悶的關係，直接點頭說好。

「好啊！一瓶水，等等回教室我再還你錢。」我這樣對他說。

他倒是先愣住了，點點頭，「……好，一瓶水嘛！」

我再度舉起手往自己的脖子處搧了搧，這天氣真的是太熱了。

大家一回到教室就立刻關上窗戶與大門，開啟冷氣，也將電扇開到最強，我坐在座位上休息，沒有多久一瓶水放置在我的眼前，放置的那個力道還讓上面一堆小水珠往我的桌子上灑下，灑出了一圈水漬。

「謝了。」我對程介祥說，彎身拿出錢包要還他錢的時候，他擺了手，「不用啦！才十元而已，小錢。」

「小錢也是錢。」我堅持要還他十元，獎十元硬塞在他的手中。

「就說是小錢了嘛……」他邊仰頭邊喝著水，朝我揮了手，帶點瀟灑的模樣走回到他的座位上坐下。

我跟程介祥之間的相處方式很詭異，並不能說是不對盤或是敵對的關係，應該說他對於任何事情都很不上心，即便老師經常因為成績的關係拿我與他說嘴，可他也不會對我有敵意或是厭惡，完全不把老師的話放在心上，想做什麼就做什麼的直率。

但不得不承認，撇除成績與調皮，他在班上挺樂於助人的，若有什麼事情要請他幫忙，他二話都不說直接點頭答應。

若程介祥生於古代，我想他是那種偶爾會行俠仗義的遊人，大多時刻會隱居起來做自己喜歡的事情，有事想找找不到人，不想找人卻偏偏出現在面前。

就像今天，我以為他會翹課，可他卻翹著二郎腿坐在座位上有模有樣的翻著課本，這反差的行為不只這次，前些日子的午休時刻他在座位上玩著超商收集的小公仔，吵到鄰近的同學，屢勸不聽，可再過幾天的午休卻安靜入睡，這種經常反常的行為一開始讓我覺得他是個怪人，可相處後發現他人並不壞，只是愛搗亂。

「欸班長。」他突然大聲叫我，我轉過頭，：「要幹麼？」

「把國文課本給我。」他連『請』、『可以嗎？』、『拜託』、『謝謝』等等這些禮貌性的字語都沒有，直接一個肯定的命令句，顯得好像我是他的僕人。

可我沒時間跟他理論這麼多，他的操行與品格可不是我在管的，我也不想要讓他覺得我住在海邊管太寬，彎身直接從抽屜裡面抽出國文課本，接著從座位起身走到他的面前，「上課前還我。」對他的語氣我也沒在客氣的。

「喔。」他淡淡地回應，我又轉身回到自己的座位上繼續我方才忙碌的事。

「班長。」隔壁女同學方海晴小聲的喚住我，「程介祥這樣對妳說話，妳不會生氣嗎？」

「什麼意思？」我問，將目光從成績格上面移到海晴的臉。

海晴留著一頭短到耳垂下的短髮，戴著厚重的粗框眼鏡，雙頰上有不少的雀斑，她在班上是屬於話比較少的人，經常一副若有所思的模樣，看起來心事重重，可曾經問她她在想什麼她卻說她是在發呆。

「他直接命令妳啊！這口氣聽了不是很好，妳不覺得嗎？」

我花了短短三秒鐘思索她的話，給了她一個微笑，還俏皮的眨了眼睛，「還好，但妳等等就知道了。」

海晴滿臉疑惑，直到國文課前的下課時間，我刻意坐在座位上面，轉頭將目光往程介祥的方向掃過去，卻在看到程介祥時傻眼，今天這人哪根筋不對勁了？竟然在抄寫我課本上的筆記？

抬頭看了時間，剩下一分鐘就要打鐘了，於是我叫著程介祥的名字，有模有樣的學他，「程介祥，課本給我！」

他抬眼，微微擰著眉，我在他的眉宇間讀出了一點錯愕。

「要上課了。」我又說。

「哦……」他從座位上起身，將我的課本拿到我面前，我伸手接過。

與程介祥的相處方式莫名的特別，莫名的直接，莫名的直率，一開始聽他命令的語氣是會覺得有些不舒服，但久之發現他並沒有這個意思，只是習慣了這樣與人說話。

「欸班長……」

「幹麼？」他變得一臉難以啟齒，讓我有點不太習慣。

「就……等等下課課本再給我，我還沒抄完。」見我不說話，他有點彆扭的搔頭，「不行就算了。」

「我沒說不行啊！下課你再來跟我拿。」我說。

他表情有些訝異，短短一瞬間眼眸中漾起一股喜悅，轉身立刻回自己的座位上坐好。

我望向海晴，攤手，「就是妳看到的這個樣子。」

我為人也不小氣，跟我借筆記我也很歡迎，若藉這個小小的行為可以讓班上同學的成績進步，我想小唯老師應該覺得很欣慰。

程介祥這天不知道哪根筋不對勁，還是前幾天翹課去海邊被海浪打壞了腦袋，他再次跟我借國文課本後，我看到他幾乎每一節下課都在座位上抄筆記，就連到了放學時刻，我還是看到他在座位上抄。

「欸程介祥。」我忍不住叫他。

「啊？班長，妳要拿課本嗎？」說著他將攤開的課本闔上遞給我，我沒有接下，將課本推回給他，緩慢的說：「你如果還沒抄完，我可以借你帶回去。」

「真的？」他的語尾上揚，充滿訝異。

「你發生什麼事情了？怎麼突然間這麼認真？」我好奇的問。

「沒啊……就……不關妳的事啦……」他嘻嘻笑著，我見到他下一秒便把我的國文課本跟他的國文課本塞進書包裡面。

見我不說話，他挑眉看我，「班長，妳有意見嗎？」

我輕嘆口氣，「大少爺，對你我哪敢有意見啊？」他都說不關我的事了，我又何必多管閒事。

下一秒我連道別的話也不說的往教室門口走出去，本來跟他之間就不是那種會打招呼的關係，更別說是會互相道別。

「欸班長。」他叫住我，我轉頭納悶的看著他。

程介祥抿著唇，眼珠子飄向一旁，微微擰著眉，猶豫的臉看起來有話想說，「就是啊……」他難以啟齒，「妳覺得——」才剛說三個字又停了，咬著下唇，然後拍打自己的頭，「唉呦，就是——」

「便當姊。」程介祥還沒說完，突然有個聲音介入，這聲音來的突然且如此顯耀，宛如藏在雜音中的一抹純粹，聲音並沒有很大，卻又獨特清晰的令人引起注意。

我下意識的轉過身，看到芊宥與白梓齊兩人站在教室外頭。

我又看向程介祥，給了他一個眼神。

「算了……」他甩了頭，率先離開教室，背影看起來失措，更讓我納悶他到底是要跟我說什麼。

教室外頭，芊宥滿臉疑惑的看著我，白梓齊則是一副想笑的樣子。

「你那什麼表情？」看著白梓齊我不禁問。

「沒有，想說我剛剛叫妳不知道是壞了妳的好事？還是解救了妳？」

好事？解救？他在說什麼啊？

見我一臉不解，他收起笑容，歪了頭，「難道不是嗎？」

「什麼東西不是？」

「妳那位同學……」白梓齊別有意味的看著我，「不是要跟妳告白嗎？」

「啊？」

白梓齊的這話讓我愣住，也讓芊宥一臉吃驚的看著我。

我快速回過神，瞪著他，「白梓齊，沒有經過求證的事情不要亂講話。」

程介祥要跟我告白？這怎麼可能啊？他怎麼可能會喜歡我？

因為白梓齊的話，讓我不禁回想起最近程介祥與我之間的互動，還是跟平常一樣啊！唯一不一樣的是他跟我借了一整天的國文課本，僅有如此而已。

「這位大姊，我只是提問而已，妳那麼激動做什麼？」他笑笑的說。

我整個語塞，輕瞪他一眼後我往前走。

「便當姊，妳全校第一名，很厲害呢！」他的聲音又從我身後響起。

我轉頭，一臉『你現在才知道你眼前的人很厲害嗎？』的眼神，刻意高傲。

放學時間，學生都往校門口的方向奔去，在經過校門口的時候，我意外的看到程介祥與高三的學長姐聚在一起聊天，遠遠的就見到一名漂亮學姊勾著他的手臂，兩人的互動有別於一般朋友那樣。

腦中又莫名的想到白梓齊剛剛那無憑無據的猜測，就說嘛！程介祥他怎麼可能會喜歡我……

隔天，程介祥將國文課本還給了我，我看到他一臉疲憊。沒有意外的，他只是將課本放在我桌上，連聲謝謝也不說就直接轉身回到自己的座位上。

「欸程介祥。」我叫住他，「你昨天是要跟我說什麼啊？」

「就……」怪了，他的眼神又開始飄移，有鬼欸……到底是什麼事情啊？「沒事啦……」看起來才不是他口中所說的沒事。

我抬眼，在他的眉宇間找尋到了一絲煩惱與無措，可他卻又固執的否認一切，更讓我覺得詭異。

難不成真的像白梓齊所說的那樣子，他是要跟我告白？

……

不對不對，我怎麼因為他那無聊的話語開始又亂想了？人家怎麼看根本就對我沒有這個意思啊……

況且，昨天在校門口看到的那位漂亮學姊是他女朋友吧？哪會有人明明有女朋友但還是喜歡別人的啊？這很不道德欸，程介祥雖然平常調皮，可我想他應該也不是這樣的人才對……

……等等，這關我什麼事啊？我沒事想這麼多做什麼？

「班長？」

程介祥的聲音讓我從我的思緒中回神，我愣愣地看著他，很想拿槌子將自己給敲扁阻止自己胡思亂想。

「你沒事就沒事，我是以為你有重要的事情要找我。」擺了手，我這樣說。

「是有啊……但……」他又是那種難以啟齒的樣子，「我不知道妳覺得我——」

我一臉疑惑。

「反正，呃……等等下課我再找妳細說。」然後他又像昨天那樣的失措逃離，好像我是個什麼令人懼怕的人。

……不會吧？

不會吧？他真的要跟我告白啊？

第二章

都是因為白梓齊的關係，害我整堂課都在胡思亂想。

明明知道白梓齊是故意在那邊鬧我的，理論上我根本不需要理會這無聊的玩笑，可偏偏程介祥那詭異又猜不透的慌亂表情害我忍不住多想，到最後甚至還想到了要怎麼拒絕他的話語。

『很抱歉，我只把你當朋友。』這是偶像劇裡面可悲的男二經常接受到女主的拒絕話，而這位男二總是默默的守護在女主角身邊，然後會獲得一票觀眾的喜愛。

唉，真是夠了，吳芊甯。

我不禁敲打自己的額頭。

下課鐘聲一響起，為了不讓我的腦袋繼續胡思亂想，我直接走到程介祥的座位，雙手盤在自己的胸前，一副『有話快說、有屁快放』的兇狠表情看他。

「快說吧！說出來快點解決以免夜長夢多。」我說著拍了他的桌子。

「夜長夢多？」他一臉莫名其妙的看我，「妳做春夢啊？」

「……」無語的這一瞬間，讓我覺得我不該對程介祥的事情這麼關心，他只是位普通的同學，我跟他也沒有很熟，平常沒事也不會聊天什麼的。

「你腦袋在裝什麼？」我面無表情的說。

「不好笑嗎？」他扯著嘴角，一個欠揍的笑容浮現，果真是臭男生。

「你覺得好笑嗎？」我說：「你才在做春夢吧你？」

「我哪有！況且做春夢是正常的，表示我是正常男生啊！」他說完快速的從座位上站起來，刻意扭了自己的腰，臉上一臉得意炫耀。

我摸向我的太陽穴，隱約覺得有條神經在抽動，我千不該萬不該因為他的事情而讓自己這麼煩惱的，他是程介祥啊！我怎麼會忘記他平常就是班上帶頭搗亂、經常讓老師們頭痛的人啊……

「我就當你沒事，以後別問我了。」我說，覺得有點憤怒，一方面是生氣程介祥的無理頭，一方面是對自己生氣，浪費這麼多時間因為他的關係而胡思亂想。

「班長，好啦！正經點啦！我是有事啦……」

「你叫我正經點？」我輕笑了聲，「那你自己有正經嗎？」欠揍啊！

「我一直很正經啊！」他還一臉不解，讓我徹底懷疑他的智商是不是兩位數。

「說吧！什麼事？」我不想再與他浪費時間，直接切入重點。

「可以換個地方嗎？我覺得這邊好多人……」他開始彆扭，眼睛不敢看我。

我做了個深呼吸，忍住想打人的衝動，低聲說：「那你覺得要選在哪個地點才方便跟我說？」

「跟我走。」他指向教室外頭。

「不會太遠吧？你還記得等等要上課嗎？」我問。

「就下面那棵榕樹下。」

一樓教室外有著一顆高大的老榕樹，這顆老榕樹遮擋了頂上強烈又刺眼的陽光，為我們這棟教室帶來庇蔭與涼爽，也讓偶爾吹來的風夾帶著淡淡的草味與潮溼的土味，有時候會有種被大自然包圍的錯覺在。

此時我和程介祥站在光和影交錯的地面上，揉碎的光點打在我們身上，看著因為風吹而搖擺的樹葉，幾片葉子徐徐落下，榕樹根也微微飄盪。

「這天氣應該翹課才對。」沒想到程介祥開口的第一句話就是這個。

我聽了有點不悅，「你特地把我叫來這邊就是為了跟我說今天適合翹課？」我的天啊！

「不是啦！白癡哦？」他說完還自己摀住嘴，「沒事，我沒有要罵妳的意思。」

「所以是？」我整個沒有任何耐心。

「班長，就是啊……我問妳個問題但妳不要跟別人說……包括我那幾個好兄弟。」

我點頭示意他繼續往下去。

「妳會覺得我講話很……很直接嗎？」

我蹙眉看著他，見他臉上真的呈現一副不解，我用力點了頭，「會啊！」

「真假？」

「騙你幹麼？」我說：「騙你我又沒錢賺。」

「喔……」他的表情卻變得複雜，「那……妳……妳聽了會感覺不好嗎？」

我抬眸，正巧望進他的深眸裡，程介祥有著一雙很好看的深邃眼眸，而且仔細看他的眼眸是偏咖啡色的，搭配著上頭的濃眉，他的眼睛是那種大家都會公認的俊美。

我回答：「會啊！是會感覺不好。」見到他的臉沉下，我趕緊接著說：「但我習慣了，也知道你並沒有那意思，也只是講話比較直接而已。」

他看著我，臉上沒有任何笑意在，看來他真的是在為這件事情煩惱。

「前幾天有個很久沒見面的親戚來我家，就只是跟我講了幾句話，他就生氣的離開，我被我奶奶罵了一頓，說我講話沒有修辭，任人聽了會不舒服。」

我頓時間恍然大悟，終於明白他這幾天為什麼跟我借國文課本猛抄筆記。

「妳國文這麼好，就教我一些說話的藝術。」他說。

我挑眉，「說話是要經驗而且是要有訓練的，你以為抄了我一整本的國文筆記說話程度就會提高啊？」

「不然？」他抿著嘴，擰眉懊惱，「不然妳說說啊！是要我怎樣做？」

既然程介祥難得向我請教，我雙手便撐在腰上，「程介祥，你有沒有跟別人說過『請』、『謝謝』、『對不起』？」

「說那幹麼？聽起來噁心欸！」

「這不是噁不噁心，這就是種禮貌，像你剛剛是怎麼跟我說的？」我刻意學起他剛剛的語氣，「『不然妳說說啊！』？幹麼？是找人打架啊？」

他眼珠子一動也不動的直盯著我。

「懂了嗎？這就是問題所在了，你的話太過於直接，不管是熟的朋友或是不熟的朋友，或許熟的朋友可以很直接接受你這樣的坦率，但不熟的朋友聽了會覺得你很沒禮貌。」

「喔……好啦……」

「這語氣聽起來很勉強欸！先生，今天可是你問我我才正經八百的回答你這問題欸。」

「所以？」

「還所以？不會說聲謝謝嗎？」我盯著他。

「這樣就要說謝謝哦？」他不解，「這是小事吧？」

我搗著頭，要自己有耐心點，「不管是小事還是大事，你都要說謝謝。」

「喔……謝……謝謝了……」看起來果真是第一次說謝謝的樣子，他整個彆扭。

我轉過身要準備回教室，卻看到白梓齊從另一個方向走來，他整個人沐浴在陽光中，乍看之下還以為他從陽光中走出來，當靠近我們的時候，他稍微的歪頭，最後給了我一個有點詭異的淡淡微笑。

我嘆口氣，他是不是又誤會我什麼了？

之前曾經聽小唯老師說過關於程介祥的事情，程介祥的爸媽在他很小的時候就紛紛離開他，媽媽改嫁，爸爸好像也再娶，在兩個新家庭中他一直是個尷尬的存在，像個皮球一樣這兒被踢、那兒被踢的，沒有一個安頓點，在小的時候就不斷的流連在親戚中，最後是由一對爺爺奶奶所收留，這對爺爺奶奶是他的親叔公與親嬸婆，兩人結婚結了十幾年都沒有生小孩，索性就將程介祥當作是自己的孩子來養。

可因為兩人小時候都沒有讀過書，講話也帶點粗俗的字語，程介祥從小就耳濡目染這一切，我或許應該慶幸是在高中二年級的時候才認識他，聽說他高一的導師很兇悍，花了一年的時間將他十五年罵髒話的習慣給改掉。

放學時刻，我一樣來到芊宥的教室外等待，他們班的人都知道我是他姊姊，也知道芊宥他有位總是考全校第一名的姊姊，所以有時候來到他們教室，眾多數的人都是一臉欽佩的表情，甚至還有學弟妹直接拿著題目要我幫他解題呢！

「學姊，我可以問妳物理嗎？」我才剛到這不到幾秒鐘，坐離窗戶最近的那位男同學就這樣對我說。

我攤手，「問吧。」

「太好了！」他拿著習題奔出，飛快地翻到其中一頁，我接過，看到這一頁上頭有著一堆用橡皮擦擦過的鉛筆字跡，看來這題他真的是想破頭了。

快速的閱讀過題目，我開始在上頭作題，不到三分鐘的時間就把這題題目給解開了。

猛然回神，卻看到身邊不知何時包圍了一堆芊宥班上的同學，每個人都好奇地盯著我。

「學姊，可以講解一下嗎？」那名把習題給我的男同學問我。

「好……」我開始解講這題題目，很快的就說完了，說完的當下周圍這群人還一起拍手致謝，然後一哄而散。

「便當姊真的好厲害欸……」

我轉過身看著這有個獨特嗓音的白梓齊，挑了眉。

「那我可以問妳數學嗎？」他突如其來的問，我愣了愣，倒是沒有想到他會向我請教課業，但還是點了頭。

「可以啊……」

「太好了！」他看著我，嘴角藏不住笑意，「那我晚點可以去妳家嗎？」

「我家？」

「嗯，有蠻多題數學我挺困惑的，雖然是可以問老師，但我蠻想讓妳教看看的，畢竟是全校第一名，說不定有什麼特別的解法可以學學。」

他這話聽起來明明很平凡，可我怎麼覺得他話中有話，有種想探我底細似的，我看著他的笑容，他臉上的笑容很淡，幾乎下一秒便會收起笑容的樣子。

可芊宥在下一秒出現，白梓齊臉上的那抹微笑還是在。

傍晚白梓齊來摁我們家的門鈴，由於有跟爸媽提過了，他們很歡迎白梓齊的到來，媽還切了盤水果給我們，而我們選在餐桌上面教學。

「我需要在嗎？」芊宥提問。

「看你吧！也可以另外挑時間找我。」這是我的回答。

「在啊！這樣便當姊教學起來比較有成就感。」這是白梓齊的回答。

我聽了有點無語，擰著眉，我看著白梓齊，「我的成就感是來自於你們有真正學會，而不是濫竽充數在這邊湊人數，這樣很沒意義。」

芊宥聽了便說：「我回房拿筆記，等我一下。」

白梓齊眼珠子轉向我，「便當姊。」

「……我說過不要叫我便當姊。」

「可我習慣了。」他故意又說聲：「常常摔便當的便當姊。」

我重重的吐了口氣，正要回話的時候芊宥出現了，他見我火藥味十足的表情，疑惑的看著我，像是在問：剛剛進房的那幾秒鐘發生什麼事了？

白梓齊問的問題並沒有很困難，我相信這問題的程度芊宥應該也知道怎麼解題，這讓我更加明確他來只是想要探我的底。

「白梓齊，我可以問你個問題嗎？」這問題我很早以前就想問了，只是一直沒有機會問出口。

「便當姊請說。」他雖然是笑著，可此刻眼神卻給人一種清冷的感覺，這樣的清冷好像刻意拉開人跟人之間的距離。

「你們家為什麼會搬來這裡？」我問。

「因為我爸工作的關係，我就一起來了。」他闔上題庫本，盯著水果，那盤水果從剛剛就沒有動過，反倒是芊宥一直吃，有一大半的水果都是被他吃掉的。

「想吃可以吃，不用客氣。」我見狀便說。

「……嗯，謝謝。」

可我看他沒有任何的動作，於是我主動拿了杈子，扠起其中一塊蘋果遞到他前面，他伸出手正要接過的時候，上頭的水果突然滑落，直接掉在地上。

咚的一聲。

他笑了，彎身撿起那個可憐的水果，「原來妳不想叫便當姊的原因是這個，妳想改叫水果姊。」

「胡說八道。」我用力的將杈子丟給他，「自己弄。」

他最後只吃了一塊蘋果就離開了我們家，我看著芊宥，好奇的問：「白梓齊成績不好嗎？」

「不好，落後一大截，其實他不是從別的高中轉進來的，而是他根本就沒有讀高中，所以前面的進度他整個落後。」

我微微訝異，看來我剛剛的想法錯了，他不是要探我的底，而是他真的不知道那些基礎的題目怎麼算。

「你跟他說……若有問題，真的可以來找我求助，我可以幫他忙的。」

芊宥點點頭。

從剛剛到現在一直都覺得白梓齊有些心不在焉，表面看他是很認真在聽我解題，目光也都直盯著我寫出來的算式，問他他也都會給予回應，但該怎麼形容呢？他的眼神……很空，甚至有些孤寂感從他的眸中淡淡漾出，好像一抹在孤島上面遊盪許久的靈魂一樣。

我抿著唇，告訴自己這是錯覺。

芊宥突然問看著我，「姊，妳真的跟你們班的男生在交往？」他問得很小心翼翼。

「啊？」我錯愕，「沒有啊！」

「白梓齊說他今天看到妳跟一位男生站在榕樹下面約會，是他看錯了嗎？」

我整個無語，剛剛還有點同情白梓齊，現在我想將剛剛那些散發出去的同情心給收回了！都已經跟他說過，若事情沒有經過求證，就不要亂散布謠言！

「他沒看錯，但他誤會大了，那男生只是班上的男同學，會約在那裡聊事情是因為他不想讓班上的同學聽到。」我因為激動而甩了手，沒有注意到手上叉子的水果還在上頭，那顆水果就這樣甩了出去。

咚的一聲砸在地板上。

短短的時間內第二次不小心把水果丟出去，芊宥挑眉，對我的冒失像是習慣了一樣，我無語地瞪了他一眼，要他將地板的那一塊水果吃下。

經過這一次，白梓齊有時候都會來我們家找我問課業的問題，這是讓我出乎預料的事情，而我並沒有拒絕，我們三人也在餐桌上留下很多解題的回憶。

深秋了，原先的綠意紛紛枯萎只剩下光禿禿的樹枝，地上一整片的落葉，有些樹的落葉程度更像是下雨一樣，惹得外掃區同學們打掃起來更加麻煩。

可卻有些同學的腳不斷的踩踏在那些枯葉上，故意製造許多清脆的聲響。

剛剛廣播說各班的班長要去學務處領取資料，我在經過外掃區的時候，看到程介祥帶頭踩起那些掃好並集中成一群的枯葉，他在那群枯葉中踩上踩下的，玩得不亦樂乎，我看到一旁的衛生股長好無奈，整個對他沒轍。

「程介祥，不要玩垃圾啦！」

「借玩一下嘛！反正等等都要掃進垃圾袋裡面。」
「那你去踩垃圾袋啊。」
我沒有停下腳步，移動的過程中視線一直停留在他們身上，可能是因為我的注視過於強烈，程介祥他們最後發現我的存在。
很好笑的是，一旦發現到我的存在，他趕緊裝作一副認真樣，開始將落葉掃進畚箕裡面。
衛生股長一臉感激的看著我，我淺淺一笑，加快腳步的往學務處的方向走去。
只是沒想到學務處發的資料比想像中還要多，我小心翼翼地捧著這一大疊的資料，深怕一個不小心資料就全撒出去。
「班長！」程介祥突然從我身後冒出來，我整個嚇到。
下一秒，悲劇發生，我手中的資料全數撒了出去，無語的瞪著他，我蹲下身開始撿起那些資料。
「班長，妳的……」他的臉望向一邊，我看到他不僅是臉紅，耳根子也紅得徹底，好像有人在他身上灑上了紅色顏料一樣的紅潤潤。
他手指著我的下半身，我驚叫了一聲，將剛剛那上翻的裙子給蓋住，還好裡面有穿安全褲。
「我有穿安全褲啦！」我沒好氣的說。
「喔……」他這才放心的轉過身，「也是啦！妳這麼粗魯，是該穿安全褲。」
「誰粗魯了？剛剛是你突然出現嚇到我欸！」我抱怨。
「喔……喔。」程介祥蹲下身一起幫忙撿，「這什麼啊？」他問。
「學務處提倡性別平等，要男生女生都注意性騷擾。」
說完我再也沒有理會，逕自的撿著資料，況且他本來就應該幫我了，這可是他害我的！

「班長，妳怎麼不找男生幫妳拿？」

我回答：「要去學務處之前，根本不知道要拿的資料有這麼多……」

「那我幫妳唄。」他快速的將資料疊好，然後從地上站起身，我也跟著起身，在我站立好後，他直接將我手上的那一疊資料給拿走，頭也不轉的就直接朝著樓梯口走去。

我看著他那離去的背影，抬腳正要跟上去卻突然看到白梓齊出現在附近，他低著頭，瀏海遮住了他的眉，看起來若有所思的模樣。

我微微蹙眉，怎麼每次與程介祥在一起，就會看到白梓齊在附近？而他都會用一種看起來有點詭異的表情盯著我，然後搭配一抹淡淡的笑容。

可這一次他卻沉浸在自己的世界裡面，就連我靠近他也都沒有發現，甚至我默默地走在他的後方他也都沒有發現。

跟著他上了樓梯，抵達二樓樓梯口的時候，他突然轉過身來看著我，「便當姊，跟蹤人是妳的嗜好嗎？」

「……」這人腦袋裡面是裝什麼？

我指了指上方，「誰要跟蹤你？你少自戀，我教室在三樓，這件事情你也知道好嗎？」

「哦……」他搔著頭，嘴角微微翹起，見到他這看似笑容卻不是笑容的表情，我決定不想多理會。

「我剛剛看到了哦。」

「看到什麼？」

「妳跟那男生在一起啊。」

「白梓齊，你很無聊。」我蹙眉。

「我只說看到妳跟男生在一起，我又沒有說妳什麼。」

「再胡說八道以後就別想再來找我幫你解題了。」這句話我原本只是想嚇嚇他而說的，可他聽了卻收起他此刻有的面容，換成一張面無表情的冷清臉。

「喔……」這句回應一點溫度也沒有。

怎麼？他心情不好啊？

他什麼話也沒有說，轉身往他教室的方向走去，我盯著他的背影，覺得有點不太對勁。

我直覺白梓齊應該是發生了什麼事，但放學時刻一到，他又好端端的與芊宥出現在我面前，兩人互動跟以前一樣，甚至見到我還是便當姊便當姊的喚著。

「白梓齊，晚上要來我家嗎？」我問。

「便當姊，妳這句話聽起來很曖昧哦。」他笑了笑。

「……」我無言，雙手握成拳，又鬆手，又握成拳，忍住想動用暴力的衝動，白梓齊臉上的笑意更加的深，對於我的反應他感到很有趣，但我卻看到他的另外一面，他此刻的笑容就好像是在刻意隱瞞他真正的情緒一樣。

笑容很燦爛，但好假，就像戴了面具一樣。

到底是發生什麼事讓他有這樣的表情？

於是我又鬆開拳頭，繼續說：「如果要來的話早一點，吃飽飯就可以過來了。」

「哦？」

「哦你個頭啦！不要拉倒，你是以為我很閒嗎？」

他收起笑容，「便當姊，我沒有把妳對我的幫忙當作是理所當然的。」

我愣了愣，「啊？」

「如果教導我這件事情已經干涉到妳的時間，或是影響到妳，妳可以停止幫我也沒有關係。」語氣很冷清，像映上了一片寒霜。

築起冰冷高牆的這個行為好像是故意的一樣。

我納悶地看向芊宥，他也是滿臉疑惑。

「所以你等一下不來？」我問。

「影響到妳的話，我就不去。」

我輕吐了口氣，「我可沒有說這種話。」

「嗯。」

嗯？

「所以你到底要不要來？」拜託不要跟我打啞謎，我最不會猜謎了。

他沉默了幾秒鐘，一雙黑白分明的眼珠子一動也不動的凝視著我，嘴角最後一勾，是個很淺很淺的笑容，「我的榮幸囉。」

回到家的這段空檔我問了芊宥有關於白梓齊的事情，他先是猶豫片刻，最後緩緩開口：「可能是他今天因為成績的關係被老師叫過去唸。」

我想到下午見到他一臉心事重重的樣子，原來是被老師唸了心情不好。

「成績？他成績不好嗎？」我蹙眉。

並不是我在吹牛，從以前到現在我指導過的人沒有一個會在下一次考試考差。

「……不好。」宥芊說：「小考他幾乎交白卷。」

我傻眼，「為什麼啊？那些題目他不會寫嗎？」

「這就是我覺得很怪的點了，他會做題目，作業也都有交，妳教得他也都聽得懂，可他卻故意考差。」

「……」

「我問了很多次他也都笑笑的，沒有正式回應過，久了我就不問了，等他願意對我們敞開心胸，應該就會說了吧。」芊宥繼續說：「但有時候我跟他講到一些話題他會笑而避之，連一個字都不願意回答。」

「什麼話題？」我問。

「……關於家人。」

我一臉不解。

不禁回想起初次見面時的叔叔，雖然看起來有點兇，臉上的線條像是狠狠的深刻在臉上，可我能感覺到他對我們家所釋出的善意，他應該是個慈祥的人，而阿姨呢？阿姨我並沒有正眼見過，有的只是匆匆一瞥，聽媽媽說阿姨長得很漂亮又有氣質，也聽白梓齊說過他們全家是因為叔叔工作的關係才搬到這裡來的……

難道不是表面上看起來的這樣子嗎？

「別問好了，除非他自己想說。」芊宥這樣告訴我，而我謹記在心，雖然心中真的好奇的要命。

白梓齊這個人難以捉摸，跟他相處一個多月，我還是難以抓到他的性格特質，有時候嘴上笑笑的，可卻是皮笑肉不笑的表情，不免給人敷衍的感覺，但有時候又會開懷大笑，可卻又不是那種打從心裡真正綻放出的笑容。

若用東西來比喻，像隨性的風吧……以為自己抓到了，它卻又在手中快速溜走，一點都不殘留……

「白梓齊，你第二次段考準備好了嗎？」早晨，我雙手撐在芊宥的肩膀上，腳踏車輪滾動，幾縷髮絲因為迎向風而亂飛，我轉身看著騎在一旁的白梓齊。

「應該可以。」他盯著眼前，連看都不看我一眼。

「需要幫你惡補嗎？」

「我覺得便當妳還是多留點時間讓自己讀書，不然考差了，全校第一名的寶座沒了，我怕妳怪我啊……」

「考差是自己的問題，怎麼是怪別人的藉口？」我說。

白梓齊不說話，他騎在芊宥的斜前方我也看不到他此刻的表情。

快到校門口的時候，我眼尖看到校門口附近巷口那邊有幾個熟悉的身影，睜眼一看有幾位是我們班的男生，其中一個就是程介祥。

天啊！他又想翹課了嗎？都快要第二次段考了能不能不要這樣子啊？

我沒有多想，拍了拍芊宥的背部要他停下，他一停下後我就跳下腳踏車，往那巷口跑過去。

讓我訝異的是：他們竟然在抽菸。

「班長？」程介祥看到我，原本叼著的菸從嘴裡滑落，他的表情有點震驚，很意外我的出現。

「不會吧？你在抽菸啊？」我驚訝地看著他，又看看其他班上的男生，除了我們班的人，還有別班的同學以及學長姊，包括上次被程介祥摟著的那名學姊也在，她的臉上有著淡妝，手上也夾著一根菸。

我突然的出現讓每個人的眼睛都注視著我。

「抽菸這不會死人的啦……」程介祥說：「妳來幹麼？」

他滿臉不耐煩，更是有質問我的感覺，這立場反過來了吧？在做壞事的是他們又不是我欸！

「你該不會要翹課吧？」我問。
搞什麼？這一個月以來他都沒有翹課，頂多遲到而已，我還以為他學乖了呢！怎麼才一個月過去他又恢復本性了？
程介祥他沒有回答我，反而抓著我的手腕要往外面的方向拉，口氣也不是很好聽，「妳不要管啦，這我的事，妳快點離開這裡。」
「確實是不關我的事，我現在就去找老師報備。」我瞪著他，抽回自己的手。
「吳芊甯，妳很多事欸！管這麼多幹麼？妳敢去找老師妳試試啊！」
他的語氣很兇，瞪大眼睛看著我，表情也不是那麼好看，臉部線條變得剛硬無比，我有點因為他這樣子的兇狠而震懾住了，咬牙瞪著他，要自己不要害怕他。
「當班長很了不起，是嗎？」他身後一名別班的男同學說，語氣也很冷，「妳敢去跟老師說我就打妳，妳信不信？」
我輕笑，「好笑，就算我沒有跟老師報備好了，你們的缺席也會讓老師調查的，到最後想逃也逃不了。」
「我們有正當理由啊！」那名男同學一副痞樣，語氣聽了令人傻眼，他指了他自己，「我爸死了，他家狗死了，他奶奶掛了，如何？這些理由夠正當吧？」
我啞口無言，怎麼可以開這種玩笑？
「班長，妳快走。」程介祥硬是要將我拉出巷子口，小聲地對我說：「這些人不好惹，妳不要再過來了。」他說完轉身回到巷子裡。
我愣在原地，前進也不是，逃離也不是。

「便當姊，怎麼回事？」原以為會先行到教室去的白梓齊出現在我面前，後面跟著芊宥，兩人的表情都一臉不解。

我的手不自覺地緊抓著百褶裙，咬著牙。

我好不滿現在的自己，居然沒有任何力量可以抗衡，明明事情對錯之分如此明顯，要我裝作沒有這件事情我根本就無法做到。

「那個人不是常常跟妳在一起的男生嗎？」白梓齊問，我點了頭。

「他怎麼——」

「算了。」我說：「我們回教室吧！別理他們了，就當作沒看到。」

「啊？」我往校門口走去，卻被白梓齊抓住手腕，他沉穩的語氣說：「便當姊，妳看起來可不是『就這樣算了』的表情啊……」

我看著他，他淺笑，「是吧？」

他說得沒有錯，身為班長我習慣了正義兩個字，也習慣了用導師賦予我的權力來糾正與指責那些做錯事情的人，在學校裡面我將是非之分看得很清楚，若有人做了壞事我一定會呈報給老師，因為我不想辜負老師對我的期望。

「白梓齊，你想做什麼？」看著他的笑容，我直覺不妙。

「想做什麼就做什麼吧。」他瀟灑的說：「人生只有一次，就讓我體驗一下這英雄的快感吧！」

我還沒有反應過來，他便往那巷口走去，站在巷口附近大聲喊著：「教官！這裡有學長姊在抽菸！而且他們還打算要翹課——！」

遠遠的我看到程介祥臉色變了，下一秒裡面的人紛紛往巷口奔出，白梓齊的身影一下出現在我跟芊宥的前面，拉起我的手，「還不快點跑！」說完，他開始跑起。

「等等……」我發現白梓齊並不是往校門口的方向跑，而是另外一個方向！「白梓齊，你要跑去哪裡？回學校啊！」學校裡面有主任有老師有教官，我想那裡對我們來說是最安全的地方。

「不能回學校，回學校就會被抓了啦！」他頭也不回的大喊，我任由白梓齊牽著手不停的向前跑，最後跑到了一個公車站，恰好有輛公車正要行駛，他招了手，便拉著我上車，公車門關上，車馬上就開了。

回頭見芊宥也氣喘吁吁的，透過公車玻璃窗望過去，追上來的那幾位學長氣急敗壞地瞪著我們，程介祥姍姍來遲的跑來，用種複雜的神情看著我。

我這才意識到原來剛剛巷口內程介祥是故意對我兇的，因為他知道那些學長姊的危險，所以故意將我趕走以免惹上麻煩。

盯著他那越來越小的臉，我對他不知道是要感激還是責罵。

「便當姊，坐吧！」白梓齊走到其中一個空座位坐下，拍拍旁邊的空座位，座位厚實的拍打聲傳來，陣陣的傳入我的耳，此刻我才覺得我們做了一件很不得的事情。

人生中從來沒有翹過課，我竟然在今天……？

「等等要回學校嗎？」芊宥一臉擔憂的表情問。

「當然——」我話都還沒有說話，白梓齊便搶先了一步，「當然不回去啊！學校裡面有這麼凶神惡煞的壞傢伙，我們回去豈不是找死？」

他說的是沒有錯，但也不能翹課啊……

這件事情是不對的吧？

芊宥看著白梓齊，而後又看了我一眼，最後靠在椅背上，神情有點恍惚，或許他跟我一樣意識到自己做了一件大事。

慘了，這回去該怎麼交代？怎麼跟老師還有爸媽說啊？

三個裡頭我年紀最大，又是學姊，不管怎麼樣我的責任最大啊，有點帶頭犯罪的感覺。

「便當姊別煩了。」白梓齊看穿了我的心事，說：「妳再怎麼煩也改變不了事實。」

我無語的看他。

「所以就接受這事實吧。」他攤手，一臉笑意。

我還是一臉無語，雙手盤在胸前不情願的坐在位置上。

白梓齊笑了聲，指著窗戶外，「好啦……看看窗外，有很多平時被妳忽略的美景正在等待被妳發掘。」

「胡說八道……」雖然嘴上這麼說，但我的目光還是飄到了窗外，這條路我從沒來過，當意識到景色越來越郊外時，我猛然抬起頭看著公車行徑路線，這輛公車的終點站竟然是海邊。

上一次來海邊是什麼時候？估計應該有兩年以上了吧……

「你們這邊的海漂亮嗎？我還沒有來過欸！」白梓齊說，表情帶點期待。

而我只覺得滿滿的無奈。

第三章

現在是怎麼一回事？我人不應該在這裡的啊……

湛藍的天伴著綿綿的雲朵，彷彿天空是個大水池，綿綿的雲朵是白色的魚，優游自在的往某個方向緩緩游走。藍色的海潮也不斷的拍打，每一下的拍打都激起了許多白色的浪花，而這些浪花被打上岸上又迅速的消失。

這裡的海味更加濃厚了，偶爾在家中或是在學校的時候依稀可以感覺空氣中的淡淡海味，海的味道也捲出我上次來海邊的那段記憶，就像海浪一樣，襲捲來的記憶濺濕了我的全身。

我回過神，看著白梓齊拉起褲管捲起制服袖子，將書包扔在沙灘上後往海邊跑去。

芊宥看著我，又看向大海，然後看向已經玩得不亦樂乎的白梓齊，最後又將目光移到我身上。

「想下去玩就下去玩，不用經過我的同意。」我語氣冷淡，天曉得我現在真的快要發瘋。

「真的可以？」芊宥再次確認，他怕我下一秒就會生氣翻臉。

我深深的閉上眼睛，甩了甩手，「去去去，下去，別煩我。」

「姊？」他的語氣小心翼翼，很輕柔。

「幹麼？」

「幫我顧書包哦。」他將身上的書包丟在沙灘上，揚起了一堆沙礫，我無語了幾秒，轉頭看他他人已經迅速的捲起褲管跟袖子，然後跑到白梓齊身邊。

我站在沙灘上，雙手盤在胸前看著那兩位大男孩，純白的制服搭上湛藍的海是多麼青春的一幅畫，可我現在沒心情欣賞這幅畫，我真的快要煩死了。

或許真的如白梓齊所說的那樣，再怎麼煩惱也改變不了我們三個人集體翹課的事實。

見到白梓齊玩得這麼瘋狂，害我有種錯覺，這白梓齊根本就是預謀犯案，明明就是自己想翹課硬要拖下我跟芊宥，這人城府怎麼這麼深？

最後我並沒有下去跟他們一起玩，反而坐在沙灘上從書包裡面拿出課本，自己預習自己自學，甚至還拿出鉛筆跟橡皮擦開始算著上面的題目。

瞧，在海邊讀書寫功課，我還是很認真的啊！

才寫不到一題，前面那討人厭的聲音響起：「便當姊，我沒看錯吧？妳……妳來海邊寫功課？」

我抬眼瞪著他，不想回話。

「妳現在的作為只是想降低自己的內疚感，趕快面對現實承認這一切，承認什麼呢？」他微笑，笑容讓我想打他，「承認我們三個一起翹課囉。」

「你還敢說！」我隨手拿起橡皮擦往他身上丟，他也不閃躲，小小的橡皮擦砸在他身上不痛不癢的，他笑著，臉上的笑容在這樣的陽光美景下顯得燦爛，燦爛耀眼到讓我不禁瞇起了眼。

「吳芊甯。」難得他不是叫我便當姊。

「幹麼？」我送他一記白眼，到底是誰害我現在成這副德性的？而這個加害者現在竟然還如此囂張的模樣？

「放下妳的作業吧。」他說。

我瞪著他。

他則是繼續說：「不要裝認真了，都來了不就是要玩的嗎？」

「我沒有裝認真，我一直都很認真，還有，誰說來海邊就是要玩的？這句話是對你這個很少看到海的鄉巴佬說的，要看海還不簡單啊？假日搭公車不就好了？」

「感覺不同啊！」他直接坐在我身邊，「海邊的組成雖然是海跟沙，如果照妳這麼說，來看一次就好了啊！海跟沙有什麼好看？不就只是水跟石子嗎？可為什麼有人要來海邊兩三次以上？那是因為每個時間點的海邊都是截然不同的感覺，即便看起來都是一樣的景物，可心情不同感覺也會不同，而且美的事物是讓人看不膩的。」

「……白梓齊，你到底想說什麼？」

「我在說妳，來這邊就是好好的看海好好的玩，別讀書了！妳會覺得海邊沒什麼好看是因為妳現在心浮氣躁的……」他突然停頓，微微瞪大眼睛，我被他的眼神弄得莫名其妙。

「欸，妳會不會是親戚來啊？」他說。

「啊？」我愣了好幾秒，反應過來後拿起手上的課本往他身上狂打。

「真被我講中？女生那個來都會心浮氣燥的，我剛剛還拉著妳跑，妳這樣身體有沒有不舒服啊？」

我送了他一個非常大的白眼，「我生理期沒有來。」

這白梓齊真的是……暫時找不到形容詞來說他了！

我覺得更加煩躁，白梓齊就算被我打了幾下，可還是嘻皮笑臉的，第一次看到他笑成這樣，是打從心底浮現的那種喜悅。

是因為海邊的關係嗎？

那他平常那副模樣到底……？

算了，我整個不想理他。

翻開剛剛闔上的書，可在解題的時候不斷有沙子吹來，我拍了好幾次內頁，最後闔上課本，索性不讀了。

轉身看到白梓齊與芊宥兩人在沙灘上堆起沙堡，而且這沙堡不是普通的小，而是非常大，像一個六歲孩童那樣的大沙堡。

我看著頭頂上的藍天白雲，雲兒緩慢的飄渺，有著輕鬆悠閒的步調，好像……偶爾像這樣為自己放一次假，似乎也不錯……

直到中午時刻，我們在附近的一家麵店用餐。

「好了，等等回學校。」我說，故意擺起臉。

「喔……」白梓齊意外答應，我看向芊宥，他低聲說：「好。」

很好，這兩個人的回答讓我很滿意。

可我卻又說：「真的嗎？不想再多留一會兒？」我竟然說出這樣的話，慘了，我一定被白梓齊所影響……

「不好，想回去了。」芊宥說：「下午有頭痛的英文課，得回去上課才行。」

「就妳說的，海邊來一次就玩夠了，我堆沙堆得有點累……」白梓齊說完還打了聲哈欠。

離開麵店，我們往公車站牌走去，在公車站牌處約莫等了十分鐘，一上車司機看到我們身上的制服，搖了搖頭，一臉覺得我們浪費國家教育資源的表情。

我們三個紛紛找到了位置坐下，白梓齊與芊宥兩人沒有多久就睡成一片，我看著公車路線圖，算了算時間約莫還有二十分鐘才會到學校。

而三十分鐘後，我們三個人坐在教官室裡面。

「吳芊甯？」教官一臉不敢置信的表情看著我，我不敢說話。

「我沒認錯吧？妳是經常全校第一名的那位女學生？」

『全校第一名』這個詞幾乎一直跟我綁在一起，斷也斷不開，這個頭銜平時對我來說不知道是枷鎖還是榮耀，但我肯定對現在的我來說是種壓力。

「挺厲害的嘛？帶兩位學弟一起翹課……」

本來就有被罵的打算了，可現在聽到這些句子還真覺得不太舒服。

我默默不語，教官又唸了幾句，每一句都是那麼的刺耳，最後白梓齊忍不住開口說：「教官，你應該要搞清楚事情的前因後果才對，學姊她不是帶頭的，是我拉學姊一起翹課的，她沒有錯。」

我訝異看著他，沒有想到白梓齊會為我說話。

芊宥也開口了：「他沒有說錯，學姊是受害者。」

「那你為什麼要翹課？」教官將矛頭轉向白梓齊。

「因為……」我以為他會說出巷口內程介祥以及其他學長姊的事情，可他卻淺淺笑著，接下來說出口的話讓我跟芊宥兩人紛紛愣住，他說：「因為我想翹課，但不想一個人翹課，所以就把他們姊弟兩人拖下水了。」

「喂……」芊宥也不是那種人，他正要開口說話的時候白梓齊擋在他前方，「吳芊宥呢！他也只是衰在跟我同班而已，吳芊甯更衰，這姊弟倆就是衰，被我拉著一起翹課。」

我實在不懂為什麼他要這樣說，他沒有必要隱瞞程介祥他們一夥人的事情啊！這對他並沒有什麼好處啊……

「白梓齊，你不要胡說。」我忍不住開口說。

「我沒有胡說，我是真的想翹課，這麼好的天氣不就是要翹課出去玩的嗎？」他笑了笑，是那種皮笑肉不笑的冷笑。

他……？

最後教官記了白梓齊一支小過，才放我們回教室去。

一走出教官室，芊宥忍不住抓起白梓齊的衣襟，將他整個人抵在牆上，語氣冷漠的說：「你什麼意思？」

我跟芊宥兩人都不解，他為什麼要為了我跟芊宥這樣一個人頂下所有的一切？一支小過幾乎是學習路上的一個汙點，即便用力擦拭也擦不乾淨的。

然而，白梓齊只是淡淡的笑著。

「芊宥……不要這樣子……放開他。」我拍著芊宥的手，他一臉怒意，最後放開他，哼了一聲後頭也不回的往教室方向走去。

我看著白梓齊，「你知道一支小過非同小可嗎？」

「對我來說不痛不癢的。」

「怎麼會不痛不癢？你以後上大學若推甄或申請會影響的……」

「那就影響吧。」他攤手。

我不是那種僥倖的心態，以為躲過了這一切後就完全沒事，這件事情我也有錯，不能都只是由白梓齊一個人扛才對。

「便當姊，就這樣了，妳別找教官解釋了。」他見到我的意圖，狠抓著我的手腕讓我無法掙脫，就這樣拉著我往教室方向走去。

「放開我……會痛……」另外一隻騰空的手打著他，他看著我說：「除非妳答應我不會再去找教官。」

「白梓齊，你到底是怎麼一回事？你明明知道你這樣子做芊宥他會不開心的，我也是，我跟芊宥沒有欠你什麼，你不需要這麼做啊。」

「你們是沒有欠我什麼，是我自己想這麼做的，而且我說的是事實啊！你們真的是被我拖下水的。」說完，他才放開了我的手，我的手腕微微發疼，我直盯著白梓齊，想要在他臉上讀出任何一點情緒上的訊息。

然而，他還是淺笑著。

我知道他戴上了面具，不讓別人猜透他的心思，確實他也做到了，我跟芊宥兩個人實在猜不透。

走到樓梯口的時候，他甩了甩手，「便當姊，放學見囉！還有，我跟芊宥之間的關係可能要麻煩妳讓我們和好了。」他頭也不回的離去，我看著他的背影，孤單瘦弱的，明明就是在逞強著什麼。

回到教室，班上同學紛紛訝異我的出現，我搖搖頭，在同學們的視線中我看到了那雙陰沉的眼睛，程介祥動也不動的在座位上盯著我，而我刻意避他的眼神。

下課期間，程介祥果然找上了，他們只是因為抽菸被抓到而被記了警告，比起白梓齊的小過，警告的嚴重度小多了。

程介祥也不懂為什麼白梓齊要替他隱瞞，兩個人沒有任何交集，連話都沒有說過，最後他突然拉著我的手，作勢要往教官室去。

剛剛被白梓齊拉疼的手，被他這麼一拉隱隱作痛，我吃痛的咬著牙，「你放開我，我會自己走的，很痛。」

程介祥轉過頭，我沒好氣的舉起那被抓紅的手腕，他才低聲說了抱歉。

「你打算找教官幹麼？」我問。

「我不能害了那學弟。」程介祥盯著我，我在他眼中的潭水看到了一片平靜波光，他是打從心裡這樣認為的。

程介祥雖然平時愛搗蛋作怪，可從來不投機，做錯事情勇於承擔責任，這樣的他倒是另我刮目相看了。

「那我們要不要先去找白梓齊？」我問。

「不用，由妳來當證人就好。」他頭也不回的說。

於是我跟程介祥兩人加快腳步的來到教官室，才短短幾個小時就到了兩次教官室，我想這歷史性的一刻值得紀念一下，應該沒有人能夠想像全校第一名的人竟然在一天之中就跑了兩次教官室吧？呵……

來到教官室後敲了門，我跟程介祥依序走進教官室。

程介祥飛快說出事情的經過，包含了事件一開始發生學長對我的挑釁言語，教官聽完後，盯著我，「吳芊甯，雖然妳的所作所為是值得被嘉許，但有時候對的事情不一定要用這種方法，免得將自己推入危險當中。」

我點了頭，教官對程介祥說：「你去高一班級將白梓齊跟吳芊甯叫過來。」

「好。」

程介祥走後，我一個人待在教官室裡面，教官室裡只剩我跟教官兩人在，我站在原地不動，眼神不斷的飄向那敞開的門，期許程介祥盡快將白梓齊與芊甯給帶來。

芊甯固然是不用說了，但白梓齊有這麼容易就被帶來嗎？

他似乎對自己被記一支小過一點都不在意，如此隨性的模樣讓我不禁納悶他心底到底在想什麼？都不怕被家人罵嗎？如果是我今天根本就不敢回家了。

「吳芊甯，教官剛剛說的話有沒有聽進去？」教官人在我剛剛沉思的時候走到我面前，他看著我低語，叮嚀的語氣讓我又點了頭。

接著教官走到我一旁，他雙手放在身後，一邊悠閒似的走動，一邊則是在等待程介祥他們，軍事制服穿在他的身上顯得直挺隆重，也給學生壓迫性的感覺。

我吐了口氣，希望這件事情趕快結束，白梓齊不該一個人扛下所有的責任，這樣對他並不公平。

「妳在擔心他們？」教官問：「不需要擔心那麼多，教官我會秉公處理。」

「嗯，謝謝教官。」不得不說，我打從心中感激。

教官輕輕的拍拍我的肩膀，表示安慰，當我以為他的手就會這樣離開的時候，卻感覺到他的手往下滑，從我的肩膀滑到我的背部，接著緊貼著我的背部，與他的手掌只隔著一件單薄的長袖制服，我愣住，動都不敢動。

甚至連喘口氣都不敢。

他這是……？

這樣的觸碰是正常的嗎？

也許是因為我不敢動的關係，教官的手又往下滑，滑到了我的腰際處，「妳真的不需要擔心……」他的聲音在我耳邊響起。

接著，我感覺到他的手漸漸往下滑……

「報告！」那一瞬間，門外傳來了程介祥的聲音，他的身後跟著芊宥與白梓齊。

教官裝作沒事的走到辦公桌坐下，輕咳了咳，說：「把事情經過說給我聽。」

三個男生的目光轉移到我身上，可我因為剛剛的事情而呆滯，遲遲回不了神，白梓齊也不願意開口敘述，最後是由芊宥開口。

「班長，妳怎麼了？」程介祥詢問我，我驚恐似的對上他的眼睛，移動腳步站在他的身後。

「欸，妳是安怎？」他納悶我的動作，我搖搖頭，同時也注意到白梓齊那疑惑的目光。

「仔、仔細聽啦……」我好不容易才吐出這句話要他們將注意力集中在芊宥的敘述裡面，喉嚨近乎乾涸的痛，我嚥了嚥口水，可還是覺得喉嚨那像是有東西堵住一樣，讓我難以發出聲音來。

芊宥將事情的前因後果講解完畢，而後程介祥又補充了幾句，教官手托在下巴思考著，最後說：「好，我先將白梓齊的小過跟程介祥以及其他人的警告收回來，之後我會找你們班上的導師詳談，等事情告一段落，就會公告校徽結果，這段期間你們安分一點，尤其是你程介祥，別再跟那群學長姊混了，他們不想畢業，難道你也不想畢業嗎？」

「知道了，教官。」程介祥說。

之後我們四個人一同離開教官室，一走出教官室，白梓齊就轉頭過來看我，「便當姊，妳怎麼了？」

「我……沒事啊……」我要自己笑著，要自己裝作什麼事情都沒有發生。

白梓齊一臉不信，但也沒有多問，我咬著唇，拚命的要自己深呼吸。

「姊，妳的臉不像沒事欸。」芊宥也注意到我的不對勁了。

「怎麼？剛剛教官趁我們不在的時候跟妳說了什麼話嗎？」程介祥問。

我搖頭，聲音不禁的顫抖，「沒有……他沒有跟我說什麼。」

在樓梯口處與芊宥跟白梓齊兩人分道揚鑣，我縮緊自己的身子，手不禁互相摩擦起衣袖，想藉此將背上那隻手的觸感給抹滅掉。

「班長，妳怪怪的欸！教官真的沒有跟妳說什麼嗎？」

「沒有……」我咬著牙，看著程介祥的臉，我微微的張開口，卻一個字都吐不出來。

「妳要跟我說什麼嗎？」程介祥停下腳步，眼珠子直望著我。

我低下頭，再次給自己一次深呼吸，「剛剛教官他……他摸了我的背部跟腰……」

程介祥微微愣住，「真的假的？」

我點頭，又用力的點頭。

「會不會是妳自己搞錯了？其實他是要安慰妳還什麼的？」

我愣住，被程介祥這麼一說我混亂了，真的是他說的那樣子嗎？

可是我怎麼會覺得如此不舒服……？

我一整個下午因為這件事而心事重重，這件事情真的是我自己會錯意嗎？

抬眼見到芊宥與白梓齊兩人已經站在教室外面，我才驚覺班上的同學已經走了大半。

我加快收拾書包的動作，隨後走出了教室。

「有件事情……我想跟你們說……」我一臉猶豫，芊宥與白梓齊兩人紛紛納悶歪頭看著我。

「今天在教官室的時候，就是你們三個都還沒有來的那時候……我原本是在跟教官聊天，可是他卻拍了我的肩膀……接、接下來他的手摸了我的背跟我的腰……」

芊宥愣住，白梓齊的表情也是，我滿臉無措的看著他們，咬著牙等著他們的回話。

可在下一秒白梓齊卻轉身快步的離開，芊宥連忙上前緊抓住他的手臂，「等等啦！你別衝動。」

「吳芊宥，她是你姊欸！你姊姊被教官性騷擾你還可以這麼冷靜？」白梓齊一臉不敢置信，芊宥連忙說：「我怎麼可能冷靜？可是你這樣衝過去你是能做什麼？打教官？罵教官？然後呢？他是教官，但我們只是學生啊……」

芊宥的這句話讓白梓齊冷靜了下來，我看著白梓齊，心中一股難以形容的感覺，就好像是在漂流的海上找到一顆浮木一樣般的安心感，莫名的覺得欣慰。

「你相信我？」我看著他的眼睛，頓時之間有種想哭的衝動，事實上我一直抑制著自己想流淚的情緒。

白梓齊看了我一眼，「妳沒有必要騙我啊！」

「但我跟程介祥說這件事，他還說我是不是搞錯了什麼，教官可能只是安慰我而已，他沒有那種想法……」我邊說眼淚邊掉，「我不知道是不是真的是我會錯意了，還是……」

「這什麼歪理？只要讓女生覺得不舒服，不管是肢體接觸或是言語，都算是性騷擾的一種啊！」

我哭得更兇，此刻覺得自己不知道是不幸還是幸，不幸的是我無緣無故牽扯到這件事情裡面，慶幸的是竟然有人願意站在我這邊……

手停留在背上的輕微碰觸，讓我從睡夢中驚醒。

這天夜裡我並沒有睡好，在床上翻來覆去的，直到天開始泛白，我起身坐在床上。

好噁心。

這是我對那隻手的感覺。

那觸感依稀還停留在我的背部，讓我有個錯覺，好像真的有隻手一直在我的背上來來回回輕輕的撫摸著。

真正進入冬天了，天氣突然變得好冷，我起身為自己套了件外套，見時間還不到六點，我坐在書桌前打算利用這短短的時間來讀書，可我的目光在同一頁上停了許久，整個讀不下去，最後我闔上書本離開房間。

家裡的人都還在睡覺，我又不禁伸手往背後抓了抓，減輕那錯覺感，給予自己一個深呼吸後，我悄悄走出家門。

從昨天開始那個錯覺揮之不去，像個惡夢一樣環繞我在身邊。

打開家門，一股涼風迎面吹來，我不禁打了聲噴嚏。

「便當姊。」一個好聽的聲音傳來，我微微轉過頭，看到白梓齊站在自家門口望著我。

「你怎麼這麼早就起床了？」我愣住。

「妳不也是？」他輕笑了聲，摸摸肚子，「可能因為冬天到了肚子容易餓吧？剛剛被自己餓醒，現在正要找尋早餐店。」

「喔……」

「便當姊要不要一起去？我對這附近還不熟，不知道哪裡有早餐店，也不知道哪家早餐店比較好吃，妳帶帶我吧。」

「嗯，可以啊。」我直接答應他。

與白梓齊兩人並肩走在路上，清晨的路冷清清，沒有任何的人影，也沒有任何的車經過，彷彿世界都還在沉睡。

「便當姊，妳要帶我去哪家早餐店啊？」白梓齊問。

「巷口有一家，那邊的鮪魚蛋餅很好吃。」我說。

「那我等等也吃看看。」

我笑了笑，發現寒冷的空氣讓我的臉頰無法好好的使上力，所給予出來的笑容也只是僵笑，我伸手摸摸臉頰，昨天的哭泣簡直一發不可收拾，直到芊宥將我帶回家我躲進房裡還是不斷的哭，最後不小心睡著了，醒後已經是晚上七點半，這才走出房間吃著早已涼了的晚餐。

我告知芊宥不要跟爸媽說以免他們擔心，也有了個共識，誰都先不要說，也不要有任何的行動。只是我想了想，教官這樣子的行為應該不是第一次，有多少名的女學生像我一樣慘遭他的毒手？又有多少人跟我一樣忍氣吞聲？

我沉思在自己的思緒中，沒有注意到前方突然來的車，當我反應過來的時候，那輛車已經距離我不到一公尺，暈白閃耀的車燈照得我眼花，我整個人呆愣。

那一剎那，一隻有力的手從我身後抓住我的肩膀，將我整個人往路邊移過去，我的臉色瞬間慘白，渾身起了雞皮疙瘩。

「便當姊，妳走路看路啊。」白梓齊說，卻見我一臉慘白的臉，以為我是被車子嚇到，他換了個位置走在我的外側，又叮嚀我幾句話。

雖然訝異他體貼的行為，可背上那隻手的感覺若隱若現的，我縮著身子，又有想要抓背的感覺。

終於抵達早餐店，白梓齊率先走進去，朝櫃台處說：「我要兩份鮪魚蛋餅，一杯溫豆漿。」他目光看向我，我便說：「飲料跟你一樣。」

「改兩杯豆漿，然後再加一個花生厚片土司。」他向店員說，接著我們找了個空座位坐下。

我拉開他對面的座位坐下，下意識的拿雙筷子放在桌上，轉頭看著早餐店的各個角落，店員紛紛在忙碌著。

「便當姊。」白梓齊的話拉回我的目光，我轉頭看他，「妳還好嗎？昨天……我是說……」他滿臉擔憂的看著我。

「我沒事。」我說。

他擰眉，「不對啊……我覺得這件事情得想個辦法才行，為人師表，教官怎麼可以對女學生做這種事啊？妳要不要跟妳導師說說看？妳導師是女老師，應該比較能夠理解……」

原先擱在桌上的手慢慢的握起拳頭。

跟小唯老師說了，如果她的反應跟程介祥一樣那我怎麼辦？

……這件事情真的不是我的錯嗎？

「白梓齊，這件事情真的不是我的錯嗎？」我垂下眼，「如果我當時沒有一個人留在那邊的話，事情會不會就不會發生？教官他會不會就——？」

「便當姊！妳明明是受害者，為什麼要責怪自己？該被責怪的人是他！不是妳！」白梓齊的聲音越來越大聲，這高分貝的聲音震動我的耳膜，也惹得我掉下了眼淚。

他瞬間住口，聲音放柔：「對不起，我沒有要兇妳的意思。」他抽了桌上一旁的衛生紙，「妳不要哭啦……」

我接過衛生紙擦了眼淚，此時店員端上了兩杯溫豆漿與兩盤鮪魚蛋餅，臨走時還有意無意的瞥了我一眼，他應該是誤會我跟白梓齊兩個人在吵架。

咬了口蛋餅，這好吃懷念的味道還在，於是我將那片蛋餅塞進嘴裡咀嚼。

「好吃欸！」白梓齊一臉驚呼。

見狀，我淡淡的回應一聲。

「……便當姊。」他看著我，深深的凝視我，「這件事情不能就這麼姑息，我是說真的，我會幫妳的。」

「……可是，我能做什麼？你又能幫我什麼？」我無精打采。

「我想了想，我覺得可以找出那些曾經有被叫到教官室的女生，問這些女生她們跟教官獨處的時候有沒有遇到什麼事情……」他擰眉。

此時，店員又來了，他將白梓齊點的花生厚片送上。

「白梓齊，我們先等懲處下來再說好嗎？」我看著他，「先等懲處下來再說，我怕我們的任何動作都會影響到學校的懲處……」

「管他，我偷偷調查就好了啊！」他繼續吃著蛋餅，一片接著一片的，因為好吃，他吃完又忍不住再點了一份。

從早餐店回來，我還順便幫芊宥帶了份早餐，原本今天是我要騎腳踏車的，可芊宥踏上車將手放在我肩上的那一瞬間，我驚恐的轉過頭來看他。

「姊？」他一臉莫名其妙的眼神。

「芊宥……今天給你載好了……」我無意識的抓了背，芊宥倒也沒有多問，要我下車後跨上腳踏車。

迎著冷風，一路上我都沒有說話，靜靜的聽著芊宥與白梓齊兩人你一言我一語的逗鬧，兩個人昨天明明都被叫到教官室去，可卻沒有任何一絲擔憂，或許他們覺得就算擔憂了也改變不了任何事實，也是，懲處是交由學校決定的，就算我們再怎麼煩惱也無法改變學校懲處的結果。

到了學校後，我下意識的看向昨天那條有著程介祥與其他學長姊在的巷子，這條巷子今天冷清清的，沒有任何的人影在。

我深深懊惱著，如果我昨天沒有多管閒事的話，或許我們就不會一同到海邊翹課了，更不會被叫去教官室，更不會……發生那件事情……

沉重的吐了口氣，我要自己別再多想。

走進教室，我坐在座位上發呆，就連早自習要考國文這件事我都忘了，直到海晴提醒我，我才匆忙的走到講台上發考卷。

早自習結束，程介祥走到我身邊，「欸班長，妳是因為昨天發生的事心情不好嗎？」

我抬眼看了他一眼，沒有說話。

「不會吧？可是……欸，我可是有警告妳叫妳離開的欸！怎麼知道換成高一那個學弟來，又怎麼知道你們竟然跑去海邊，可是這件事情——」他的聲音像蚊子一樣在我耳邊嗡嗡叫的煩躁，但他完全誤會了，對於他所說的這件事情我並沒有糾結，我深知翹課是我自己的錯。

煩惱的事情是教官對我所做的事情，可程介祥他不明白，不明白就算了，還走到我身邊來碎唸，逼得我理智線徹底斷裂。

「好了！」，我打斷他，「程介祥你可不可以不要再說了？昨天的事情我沒有怪你的意思好嗎？」我的聲音忍不住變大聲，「為什麼你總是以你自己的想法來概括別人的想法？你能不能不要每次都這樣?!」

他閉上了嘴，顯然被我嚇到，周遭同學的目光也都在我身上，我赫然發現自己情緒失控了，抿著唇，最後快步離開教室。

走下樓梯，我站在榕樹下面微微喘息，好煩，真的好煩，我又忍不住往自己的背抓了幾下。

「欸，班長，妳到底怎麼了？」

我回頭，看到程介祥人站在我身後，沒有想到他竟然跟著我下樓，想到他昨天對我說的那些話，我撇頭不願意看他，我並沒有怪他的意思，他說的固然沒有錯，這件事有可能真的是我自己會錯意了也說不定。

可白梓齊那些話一字一句的在我腦中不斷響起，猶如電影播放一樣的深刻。

我轉頭看向程介祥，神情複雜，不知道該怎麼回答他這個問題。

「誰惹妳生氣啊？妳告訴我，我去扁他！」

「……真的？」我的語氣上揚，一點也不信。

「妳說。」他用力的點頭。

我微微瞇起眼睛，輕吐了口氣，說：「但這件事情我昨天就有跟你提過了，我被教官性騷擾，可是你不信啊！」

程介祥啞口無言。

我又繼續說：「你覺得我想太多嗎？我也希望是我自己想太多了……可是自從昨天過後，我無時無刻都感覺到他的手還停留在我的背上，我無時無刻都警覺著他人是不是就在我身後……」說到這裡，我又開始抓背。

還好是冬天寒冷的季節，如果是夏天呢？我會不會抓到流血？會不會抓出一堆傷痕？

「所以教官他真的——？」他訝異。

「程介祥，你不相信也沒有關係，我不會怪你，但請你不要再跟我提到任何有關於昨天的事情，我真的很煩……」

說完，我看到他沉思了一下，最後突然轉身離開，我愣愣看著他，發現他不是往教室的方向走，而是教官室的方向！

他又想做什麼了？

我趕緊追上他，程介祥的腿很長，我追到教官室前才抓住他的手腕。

「喂！你要做什麼?!」我瞪著他，喘著氣，抓住他的手力氣越來越使勁。

「班長，被學校記警告、小過或是大過這些事情對我來說習以為常，多一支，也不痛不癢的。」他對我笑了笑，看著程介祥臉上那燦爛的笑容，我覺得不對勁，他想做什麼事情啊？

「欸，你要做什麼啦？」我又問了一次。

「偶爾耍耍帥而已。」他邊笑著邊掙脫開我的手，我愣愣地看著他走進教官室。

這一瞬間後時間變得好慢，眼前所有一切發生的事情都放慢著動作，我看到程介祥直接走到上次那位教官面前，此刻教官室裡還有另外一位教官在，起先他見到程介祥只是淡瞥一眼，可下個瞬間，包含了我與另外一位教官全都傻愣住。

程介祥竟然抓起教官的領子，二話不說的給他一拳。

我不禁放聲尖叫，另外一位教官快速的上前將程介祥架開。

「同學，你做什麼?!」他大聲的說，聲音包含著嚴厲與威武。

被架開的程介祥笑著，對自己的行為感到很驕傲，「我在揍他啊！因為我看他不爽很久了！」

被打的教官嘴角出血，一臉驚魂未定。

我回過神，發現自己不知道什麼時候跌落在地，我雙手摀在嘴前，不敢置信剛剛看到的一切。

被打的那位教官一臉不悅，他擦擦嘴角，聲音冷到極致，「程介祥，你不想活了嗎？敢打教官我？你還要不要命?!」

「我看你不爽很久了啊！」程介祥即使被架住，可一點害怕的神情都沒有。

「看我不爽？」他緊皺著眉，「學校的懲處還沒有下來你就打教官，我看你是想被退學了對不對？」

「不可以！」我說，那位教官的視線移到我身上，我忍著恐懼與害怕，要自己在他面前抬頭挺胸的說：「教官你不可以退他學！他——」

「這不關妳的事吳芊甯！」程介祥對我大吼：「妳到底煩不煩啊?!管東管西的，妳就這麼愛管我啊？但這關妳屁事啊？」

我被他的怒吼震懾到，呆愣在原地忘了回話。

程介祥又吼：「怎麼樣？我就是要打教官我就是看他不爽，妳怎麼勸我都沒有用的啦！」

「程介祥，你夠了沒？」教官冷冷的打斷他的聲音，「光是毆打師長這件事情我就可以記你一支大過了你知不知道？現在是在吵什麼？」

「我幹你娘你要記就記啦！老子爽啦！」

我感覺到教官動怒了，「好，你等著吃一支大過，現在沒事就滾回教室去！」他用眼神示意另外一位教官放開他，程介祥朝他們比了中指，轉過身快步的離開。

「吳芊甯妳還不快點回教室？」

「……好。」我低下頭，趕緊退出教官室。

看著程介祥走在我前方的背影，我們之間的距離不遠，可在寒冷的天氣中，我有種下個轉彎他就會消逝的錯覺在。

「程介祥……」我喊了他的名字，但他不知道是沒有聽到，還是故意沒有聽到的，總之他沒有回頭看我。

直到樓梯的轉角處，他停下腳步，挑眉看我。

我沉重吐了口氣，「……你為什麼要這樣子？」

「班長妳老實說，看我剛剛扁下去的那一瞬間妳有什麼感覺？」

「……」

「有沒有爽快的感覺？」他嘴角翹起，給了我一個好看的笑容，我愣愣地看著這個帥氣笑容，心中有股難以形容的感覺。

冬天好冷，吹進樓梯間的寒冷更冷得讓人受不了，可程介祥這抹笑容，卻在這短短的幾秒鐘讓我忘記了那令人顫抖的冷。

教官的話沒有在開玩笑，隔天程介祥的大過就下來了，而學校對我們的懲處也跟著下來，我、芊宥、白梓齊與程介祥被罰愛校服務十小時，另外程介祥因為抽菸的關係而被記了一支警告，加上教官給的那支大過，明明是這麼嚴重的懲罰，可他卻老神在在，一點都不在意。

見到他那不在意的表情，更讓我覺得無比愧疚。

我知道他對教官的那一拳是為了我打的，可面對同學們的疑問，他的回答都是「看那教官不爽很久了。」

有些同學替他的行為叫好，有些同學則是覺得他的品性差，甚至有些同學刻意開始與他保持距離。

第二次段考總算結束，最後一天考完後，班上同學們紛紛收拾起書包離開，當我也正要離開教室的時候，見到程介祥一個人在座位上翻著英文課本，他面無表情的，讓我忍不住上前說了句：「考不好嗎？」

他赫然抬頭，顯然被我嚇到。

「班長，妳走路都沒聲音的，很可怕欸……」

「是你在發呆。」我說。

他又翻了翻課本，我不禁又問：「你考不好？」

「班長，妳在說笑嗎？我哪一次考試是考得好的啊？」他甚至自嘲。

面對這樣的自嘲，我還真的不知道要說什麼。

「妳等等要回家嗎？」他問。

「當然啊！不回家要幹麼？」我說。

「做愛校服務啊！下午的時間是最適合做愛校服務的欸！」他笑著：「我昨天下午可是做了兩小時了哦！」

「昨天？難道昨天下午你沒有讀書準備今天的考試嗎？」問完後我就意識到自己根本就不應該問這個問題的，這問題有點蠢啊！

果真，他說：「反正看了還是考差，不如就不要浪費時間看書。」

對於他這豁達的回答我真的是無言。

「要不要一起留下？順便找妳弟跟那個白什麼的？」

「白梓齊。」我糾正。

「對，就是他啦！」他說：「我們四個一起留校做愛校服務吧！」

他的眼睛有著笑意，清澈的咖啡色眼眸中映出我的臉，讓我一時之間還真的無法拒絕。

第四章

由於程介祥得罪到教官的關係，教官故意讓我們打掃髒亂的垃圾場。

一整列子母車中的垃圾幾乎全滿，有些垃圾溢出來，甚至有些垃圾袋根本就沒有綁緊或是破裂，裡頭的垃圾散落在子母車的周圍，發出惡臭。

我們所要做的工作就是將子母車周圍的環境整理乾淨，讓整體環境看起來不至於這麼的不雅觀。

我們四個人站在子母車面前，大家你看我我看你的，沒人有知道怎麼開始整理。

「他故意的。」程介祥沉著臉開口：「我昨天留校打掃是另外一位教官安排，他安排我打掃校門口的人行道，跟這比起來差很多。」

「誰叫你要動手打人？」白梓齊的聲音聽起來平穩，可卻夾雜著抱怨：「有些事情明明是可以用良好的方式解決，幹麼一定要動手？」

見程介祥僵著臉，我本來想叫白梓齊別再說下去，可一旁的芊宥開口了，他絲毫不給面子的說：「如果當初不是我阻止你，今天被教官針對的就是你了。」

白梓齊咬著下唇悶不吭聲。

我趕緊打圓場，「既然已經說好要一起打掃就別抱怨了，我們開始整理吧。」

見他們依舊沒有任何動作，我戴上口罩與手套，開始著手打掃，看我一有了動作，三位男生悶不哼聲的也開始進行打掃，兩個小時過去，子母車周圍的垃圾都被我們撿乾淨了，乍看之下真的比一開始好許多。

「我去叫教官來看。」白梓齊說，接著飛快的往教官室方向跑去。

看著那抹白色背影漸去漸遠，我無意識的抓了背，卻見到芊宥一副複雜的神情。

「姊，我發現妳這一陣子都會抓背欸……」他擰眉。

我愣住，眼神不禁飄向別處，「就有點癢，剛好每次抓都被你看到吧……」

「姊……」芊宥似乎又想繼續說什麼，可被程介祥打斷，「教官來了。」

遠遠的就看到白梓齊與教官兩人往我們這個方向過來，見到教官的時候，我不自覺的往後退一步，更不自覺地站在芊宥的後方。

還好教官沒有再為難我們，目光看了周圍的環境後，點了點頭，拿出簿子在上頭寫了些東西。

「嗯，兩小時愛校服務，你們三個剩下八小時，程介祥剩六小時，沒事做的話就趕緊回家。」他面無表情地對我們說完話後，轉身離開。

「那、那我們……我們回家吧！」我說，聲音意外的帶點沙啞，這才知道我對教官還是抱持著恐懼。即便程介祥的那一拳實在太大快人心，可教官他人確確實實的還待在學校裡面，只要一想到這件事，我就有點害怕，雖然告訴自己離他遠一點就好……

我們往校門口方向走去，途中，白梓齊目光突然停留在某處，他轉頭對我們說：「欸你們先回去吧！我突然想到我有東西遺忘在教室裡。」說完朝我們揮了手，就轉身跑走。

「那我去搭公車了。」程介祥也說，連再見也沒有說的就離開。

只剩下我跟芊宥兩個人，芊宥若有所思的看著我，好像有什麼話想說，我等了他幾秒鐘，他卻都沒有開口說話。

我嘆口氣，「你想說什麼就說吧！」攤手，見他沒有說話我還自嘲起自己：「全校第一名的學生被罰愛校服務，我到底還要經歷哪些還沒經歷過的事情啊……」

「姊。」芊宥叫住我，同時將他的手放在我的肩膀上，我下意識一臉驚恐的推開他的手，並且往後退了一大步。

當我反應過來時，芊宥蹙著眉盯著我看，那隻被我推開的手就這樣定格在半空中，動也不動的。

「姊，這件事情非同小可，已經對妳造成傷害跟陰影了。」他望著我，一臉為我疼惜的表情，真心很想為我打抱不平。

我低下頭，不敢與他的眼睛對上。

教官對我性騷擾的這件事徹底成為我揮之不去的陰影，只要有人搭上我的肩，我下意識的就會想推開對方，更別說是撫上我的背了。

「但……我們只是學生啊……」我說：「無憑無據的，能怎麼辦呢？」

「一定會有辦法的。」他咬牙，語氣堅定：「一定有辦法的。」

我抬起頭看著芊宥，他卻笑了，「但這兩年就委屈我載妳上學了。」

「什麼啊？」我輕打他一下。

隔了兩天的周末假期後，段考成績也一一出來了。

「白梓齊，你成績考得怎樣？」放學途中，我問身邊的白梓齊。

他輕鬆的騎著腳踏車，給了我一個奇怪的笑容，「馬馬虎虎囉。」

「什麼馬馬虎虎？到底是怎樣？」

直到現在，我還是不懂為什麼白梓齊要故意在平常的小考上考差，他讓小考考差，那重要的段考呢？

也會故意放爛嗎？

「就……還可以囉！」他敷衍似的給了我回應，加快踩腳踏板的速度，轉頭對著芊宥說：「我們比賽誰先騎到家。」

「不公平啊！我有載人欸！」芊宥說。

白梓齊騎到前頭去，把我跟芊宥狠狠地甩到後頭。

「他段考考不好嗎？」我問。

「沒考不好，也沒有考很好，每一科成績都剛好在及格邊緣。」

我沉思，怎麼看都覺得白梓齊應該是那種成績有一定水準的學生，平常教他他的領悟力都很強，幾乎一次就聽得懂，我甚至覺得自己根本就沒有必要教他。

「欸芊宥，白梓齊他跟我說你們班老師教的課他都聽不懂，這件事情是真還是假？」我問芊宥。

「因人而異，我覺得老師他的方法只適合少數人，不適合多數人，不過……」芊宥微微側著頭，「我想……他應該是故意考差的。」

「為什麼啊？」我疑惑。

「要引起某人的注意吧。」

「啊？誰？他要引起誰的注意啊？」我問。

然而，芊宥又沒有說話了，直到街口的紅綠燈停下，我看見白梓齊遙遙領先在紅綠燈的另一頭，見他的背影越來越小，一下子就消失在我的視線內。

我輕拍著芊宥的肩膀，「說啊！」

「姊，有些事情……他不是很想讓別人知道，而我也答應他不說出去，所以……我只能替他保密。」

「什麼啊？男人之間會有什麼祕密？」我不悅。

「男人之間的祕密可是多了呢！」

芊宥的話讓我好想打他。

晚上倒垃圾的時候，隔壁鄰居正巧是白梓齊出來倒垃圾，他身上的穿著好像即將要外出，我當下沒有開口問，直到倒完了垃圾，聽到他告知他家人說他要出去一下，我才好奇的詢問出口。

「白梓齊，你要去哪裡啊？」我看著他身上穿著一件黑色雙排釦大衣，將他的身高襯托起，平常他的身高目測約莫一百七十三左右，穿上這件大衣看起來約莫超過一百八，證實了一句話，人要衣裝佛要金裝吧。

他歪著頭對我微笑：「便當姊，我都不知道妳對我的私生活這麼好奇。」

「私生活？你當你是明星啊？」我對他的用詞感到無語。

「哈哈。」

「你到底要去哪裡？」我又問了一次。

白梓齊搬到這裡沒有多久，交友圈應該就只有學校跟附近的鄰居而已，所以就算他是要跟別人出去，應該也是我認識的人才對啊……

他故意裝作神祕，微笑後將自己的食指放在唇上，「這是不能說的祕密。」

「啊？」我用一臉奇怪的神情看他。

「哈哈哈……」他傳來笑聲，我又瞪了一眼後才關上家門。

我也不知道此刻我是哪根筋不對勁，腦中竟然浮現出跟蹤他的想法，一關上家門後我快速的拿了件厚外套穿上，告知家人一聲我又快速的打開家門奔出。

白梓齊人還沒有走遠，小小的身影在巷口處那緩慢的走動，我像跟蹤狂一樣的往他的方向跑過去，跑的同時儘量降低自己的腳步聲，也還好他並沒有發現到我。

當過馬路的時候他雙手插在雙側口袋中，黑髮隨著他邁步而飛揚，我與白梓齊兩人一直維持在十公尺左右的距離，過馬路後他走進一家便利商店裡面，我走到旁邊的玻璃窗望進去，發現他坐在便利商店中的某個座位上。

看樣子他是在等人，可他在等誰呢？我認識嗎？

一股冷風吹來，我不禁打了個哆嗦，縮著身子，目光時不時的就往便利商店裡面望去，白梓齊人低頭滑著手機，喝著他剛剛買的牛奶。

突然間，有位眼熟的女生走進超商裡面，我愣愣地盯著她的臉，這位女生選了白梓齊對面的空座位坐下，我錯愕的看著他們。

這女生是程介祥曾經在校門口摟著的那位漂亮學姊，也是去海邊翹課那天我在巷子內遇見的那位學姊！除了這兩次，我也曾經在學校裡面見過這學姊幾次，她身邊經常跟著很多男生，有幾次我在經過教官室的時候也曾看過她人在裡面。

但現在是白梓齊找她？還是她找白梓齊？兩人又是因為什麼事情而有交集？

此刻我好想要衝進去裡面立刻得知答案，可我知道我不行這麼做，一旦這麼做白梓齊就知道我跟蹤他了。

望過去，白梓齊的表情看起來很嚴肅，好像在講很重要的事情，但到底是在講什麼事情呢？

我在便利商店附近又待了一陣子才肯離去，滿腦子疑惑。

怎麼白梓齊身上有著一堆祕密啊？

隔天早上白梓齊還是像平常那樣子，偶爾要要白癡，講著一點都不好笑的話語，我站在芊宥身後靜靜觀察他，想從他臉上看出任何的訊息來，只是我沒有讀取人心的能力，我無法得知出任何我想知道的事情。

「便當姊，一直偷偷看著我，卻又不說話……」他笑著，挑一下眉，「這樣不行啊！妳會讓我誤會妳喜歡我欸……」

我嘆口氣，指向前方某條路，「白梓齊，那邊左轉直走有一家醫院，建議你可以進去掛精神科。」

「哈哈哈……」他大笑，笑聲很宏亮。

經過幾天，段考的考卷全都發下來，成績也全部結算完畢，我又拿到班上第一名。

隔壁的海晴唉叫著自己考不好，我開口安慰她幾句，她卻說：「像你們這種成績優秀的人，應該很難理解我們這種考差的人的感受吧。」說完她輕嘆口氣。

海晴她經常會來問我題目，聽到她這樣說，當下我愣了幾秒鐘，她的這句話讓我不知道是故意在嘲諷我，還是無心的真實感受？

從國中到現在我身邊並沒有什麼任何可以聊心事的知心好友，是有幾位經常在聊天的朋友，但並不是那種在假日期間會相約出去玩的好朋友，眾多個時候，能夠聊心事的人就只有芊宥而已。

也許對他們來說，跟一位成績優秀的人結交朋友是一件很有壓力的事情吧？

與海晴沒有繼續對話，我默默收起考卷，下一節課是體育課，看看周圍，班上的人也都走得差不多了，見狀我從座位起身。

「妳要去操場了？」海晴叫住我，「等我一下。」

「……好。」我站在座位旁等她，訝異她竟然會叫住我，還以為我剛剛的安慰方式讓她覺得不舒服，所以暫時不敢跟她說話。

轉頭看到程介祥與另外一名男同學將考卷摺成紙飛機在玩，他還在黑板上面畫了標靶，許多圈的同心圓，每一圈上面都寫著分數，在最中心的那個圓圈內他寫著十分。

被我盯著，他目光轉頭看我，「班長，看我幹麼？也想玩啊？」

我無言，完全不想理會他。

再次提醒最後離開教室的人記得把門窗鎖好，我跟海晴離開教室，經過走廊，沿著樓梯往下走，在經過芊宥教室樓層的時候，我看到白梓齊與一名女生站在樓梯口附近說話。

好奇的凝望著他，他也看到我了，他對我扯開笑容，我朝他揮了一下手，好奇的看著他旁邊的那名女生，是之前跟他一起在超商的那位學姊，那名學姊順著白梓齊的目光往我的方向看了過來，下一秒鐘，我與她對上了眼。

這名學姊她很漂亮，臉上有著淡淡的妝容，身上的制服與裙子燙得很齊，沒有任何一絲褶痕在，她那修長的黑色頭髮亮得也很漂亮。

要不是曾經在巷子內看過她抽菸，我想她是個很完美的人吧。

她看著我，一臉好奇像在觀察什麼的眼神，我被她盯著不自在，與海晴兩人加快腳步的離開。

「剛剛那是誰啊？」海晴問。

「我弟的同學，我的鄰居。」我說。

「他怎麼會認識張佳薇？」

「張佳薇？」這是我第一次聽到這女生的名字。

「張佳薇是高三的學姊啊！你弟的同學怎麼會認識她？」
「我不知道欸……」我老實說。
對啊！高一的白梓齊，怎麼會認識高三的張佳薇呢？到底是怎麼認識的？
我想我的疑惑怎麼解也解不開，傍晚趁著放學時間我問了白梓齊，他卻一副答非所問，還故意扯到別的話題上面。
到底是什麼事這麼神祕？他這樣的反應真的會讓我以為他跟張佳薇兩人在交往欸……

經歷幾次的愛校服務，總算將這愛校服務的時數解決掉。
我們趁午休那短短三十分鐘的時間，又或者是沒有考試的早自習時間，利用許多零碎的時間將這十小時的時數給湊滿，轉眼間，就這樣經過了一個多星期。
拿著剛剛升旗典禮領到的全校第一名獎狀，我走回自己的班級。
這天的升旗典禮很快的就結束，操場上的大家一哄而散，我一個人緩慢的往教室的方向移動，沒有多久有兩位男生站在我面前。
我微微蹙眉，很確定自己並不認識他們。
「資優生啊……」其中一名男生開口說，聲音聽起來像在嘲諷。
「有什麼事嗎？」我冷靜的問。
「沒事就不能找妳嗎？資優生。」其中一名男生邊說話邊抬起手，我看著他的手正往我肩膀的方向移動過來，下意識的打掉他的手，並且往後退了一大步，眼神警戒的盯著他們。
拍打他手的聲音意外響亮，惹起周圍的人的注意。

「妳打我？」他看著自己的手，輕笑一聲。

「我沒有，就推開而已。」我又往後退一步，卻撞到了身後的人，身後突然的碰觸讓我瞬間起雞皮疙瘩，我一臉驚恐的往旁邊退，那位被我撞到的人一副莫名其妙地看了我一眼然後離開。

我縮了縮身子，要自己冷靜下來。

一股冷意從剛剛那不小心的碰觸直達我的背脊中，我壓抑自己那顫抖的身子，忍受著此刻的害怕。

「學長。」一個聲音也在此刻從旁邊傳來，我轉頭看，是程介祥。

周圍的人來來去去，就算有我們班的人也都不願意停下腳步來看，不得不說程介祥的出現讓我有了安心感。

我突然想起了那天在巷子裡撞見程介祥抽菸的時候，這兩位學長當時好像也在場。

不會吧？他們要來找碴？因為我剛剛上台領獎了，所以知道我而故意找上我的嗎？

「緊張什麼？就只是跟你們班的資優生打聲招呼啊！」那位學長說。

程介祥人擋在我面前，「學長，你嚇到她了。」

「真的沒什麼事，就只是想跟她打聲招呼，想看看經常全校第一名的真面目嘛！」

我咬著下唇，一臉驚恐的看著他們，深怕他們下一秒就會對我們做出什麼攻擊。

「她長得很普通，又沒有張佳薇學姊漂亮，沒什麼好看的。」程介祥說。

我聽到這名字時，微微一愣。

對啊……他們也認識張佳薇啊！

「張佳薇最近一直找那位高一學弟，欸資優生，那位高一學弟哪一班啊？」

他說的人是白梓齊，我下意識的搖搖頭，不肯說出答案，「我不知道。」

「妳怎麼可能不知道？明明就常常看到妳跟妳男朋友還有那學弟在一起。」

看來他誤以為芊宥是我男朋友了，可我也沒有要對他解釋的打算，又搖了搖頭，「我真的不知道。」

「欸妳該不會以為我要去找他算帳吧？」

我微微瞪大眼睛，沒有回答，抿著顫抖的唇，拿著獎狀的手越拿越緊，這力道幾乎要將獎狀給折壞。

「沒有，我不是要找他算帳，欸！我說你們這學弟學妹怎麼搞的？把我們想的很壞，現在要準備學測了，我們沒時間再跑教官室了好嗎？」他解釋，可我還是一臉不信。

「學長，你找那位學弟什麼事？」程介祥問。

「我想知道張佳薇一直找他有什麼事情，問她她都不說，只說我們男生不懂，而且張佳薇每次找那學弟都會多帶一個女生，是在玩3P嗎？口味這麼重啊？每次都還不同人欸！」

他的話讓我微微蹙眉，這人講話怎麼這樣子？

而且張佳薇學姊為什麼三番兩次的一直找白梓齊啊？他們倆到底……？

「這怎麼可能啦！張佳薇不會喜歡白梓齊的啦！」程介祥說。

「那學弟叫白梓齊嗎？哪個班啊？」

我瞪向程介祥，要他閉嘴，可他並沒有看到我那暗示的眼神，脫口直接要講出來，我見狀便在他說出口的那一瞬間尖叫起來，故意用尖叫聲蓋住他的聲音。

三位男生紛紛轉頭看著我。

「他不知道他哪一班的。」我說。

程介祥一臉狐疑的表情，我拉了他的制服角，催促他趕緊離開。

「欸，資優生，我就說我們不是要找他麻煩了。」

「你們這種人說的話可信度很低，今天說不找麻煩，那明天呢？會不會哪天突然想找他麻煩？」說完後我又拉了拉程介祥的制服角，可程介祥沒有理會我，他扯回自己的制服說：「吳芊甯，他們說到做到的，我以我的品格來保證，他們不會對白梓齊怎樣的啦！」

「你的品格？」我還真是無語，他的品格又多好了？

程介祥撇了嘴，「唉喲！反正、反正……就真的不會怎樣啦！」

我還是一臉不信，「當初白梓齊檢舉你們抽菸後你跟他們還跑來追我們欸！這麼危險的傢伙我怎麼可能把白梓齊的班級告訴他們？」

程介祥瞬間無語。

「哈哈，沒想到成績優異的資優生其實是個小辣椒，有點潑辣，可惜身材不夠好，引不起我的興趣。」學長說完還刻意用眼神在我身上看上看下的，超級沒有禮貌。

我被他的眼神弄得不舒服，再度又拉了拉程介祥的制服角。

「不然……我去問問白梓齊，問他跟張佳薇到底是怎樣，從他口中得到了答案我再跟你們兩位學長說，這樣如何？」

程介祥的腦袋還不笨嘛！竟然可以想出這種方式，只是這方式並不可行，因為我已經問了白梓齊很多次了，他不說就是不說，我就不相信程介祥問他他就會肯說。

還是說白梓齊的這件事情他只願意對男生說而不願意對女生說？如果真是如此，那真的有鬼。

經過程介祥再三的保證後，兩位學長最後只好離開。

我看向程介祥，再度用眼神責怪他。

「班長，妳根本就是想太多了，剛剛學長也說了啊！他們高三學生的學測快要到了，不可能會再惹出任何麻煩的。」

「什麼我想太多？他們的話可信度就是很低。」我轉過身往教室方向走，不再與程介祥爭論這無意義的事情。

但我應該因為他的即時出現而跟他道謝的，不是嗎？不然面對兩位不認識的學長，我真的不知道怎麼辦。

我並不知道程介祥最後有沒有真的去找白梓齊問這個問題，若是他問了，我倒也想知道白梓齊有沒有告訴他。

某節下課，程介祥突然走來我的位置，他的雙手撐在我的桌上，沉重的吐了口氣，「吼──白梓齊是怎樣啦？」

我挑眉，隱約猜到這結果，「他連你也不說吧？」

「連我？」他收回手，「妳有問他啊？」

「我……」我停頓，抬眼見到程介祥的眼睛故意瞪大，我敷衍似的從抽屜裡面拿出課本來，「我什麼也沒說。」

「明明就有。」我看到他翻了白眼，「班長，妳說這個白梓齊跟張佳薇兩個人……會不會私下在交往？」

「啊？不會吧？」我打從心底覺得這件事情不可能，可想起張佳薇的長相是那麼的漂亮動人，先不論她的個性，她個性的好壞我不清楚，光看長相就好，不管是哪個男生見了也都會喜歡上吧？

「最好是不要。」

「怎麼說？你喜歡張佳薇啊？」我也不知道我到底是怎麼下出這個結論來的。

「哈哈……張佳薇漂亮是漂亮，可是不能喜歡的啊！」程介祥一臉像是我講出了什麼天下第一笑話的表情，揮了揮手，又說了一次，「她是毒玫瑰。」

「毒玫瑰？」我愣了愣，這什麼形容詞？

「玫瑰不是有刺嗎？若要抱住肯定會痛到身體一個洞一個洞的，那個什麼一片一片的成語？」

我輕撫自己的太陽穴，「你是想說遍體鱗傷吧？」

「對啦！就是遍體鱗傷啦！」

我又無語的一會兒，輕嘆口氣，「程介祥，你這次段考的國文考幾分啊？」

「我考二十九分。」

「……」我再度愣住，「你不是跟我借了筆記抄嗎？怎麼還考這種分數？」

「欸我有進步好嗎？上次考二十二分，這一次進步了七分。」他還抬了下巴，一臉引以為傲。

也讓我真的不知道該說什麼了。

放學回到家後，當芊宥將腳踏車牽進家裡後，我聽到隔壁鄰居那傳來白梓齊的哀叫聲，我不禁將頭探出來，他一臉懊惱的站在自家門口。

「白梓齊，你幹麼鬼叫？」我問。

「我忘記帶鑰匙了。」他嘟起嘴。

「你家人都還沒回家嗎？」

「都還沒回家。」他將腳踏車停好，直接坐在家門口那，「算了，我就坐著等。」

正要關上家門的時候，一陣冷風突然吹來，我不禁打了哆嗦，又把家門推開。

「白梓齊，你要不要先來我們家等啊？」我問。

他轉頭看我，眨眨眼，一個笑容浮現，「便當姊，妳在邀請我去妳家嗎？」

「……」都什麼時候了還開這種玩笑，我收起表情，冷漠的說：「到底要不要進來？」

「但我會害羞啊！」

「害羞你個頭，不要拉倒。」我說完用力的關上家門，再也不理會白梓齊這個臭小子。

關上門的瞬間，他那爽朗的笑聲從家門的門縫底下傳進來，這笑聲在這冷天中顯得好清晰、好悅耳，我忍住想再次開門罵他的衝動，轉身回到家裡面。

再晚些時間，吃了晚餐的我再度走出家門，看到白梓齊人依舊坐在自家門口，他的臉靠在膝蓋上面，額前的瀏海因為他垂頭的動作遮住了他的眼睛，仔細一看，他的眼皮闔上了，整個人動也不動的坐在那裡。

他該不會已經這樣待在外頭一個多小時了吧？

幾個月前他們家搬來，我只知道是因為他爸爸工作的關係，但他爸爸是在做什麼工作，以及他媽媽是不是有在工作這些事情我都不知道，平常與他一同回家他都會帶著鑰匙進家門，倒也不知道他所進去的家裡有沒有任何家人在等他……

他所走進去的家門一直是一間沒有人會在的家嗎？

我跟芊宥的媽媽是家庭主婦，家裡的收入來源都是爸爸，趁著爸爸與我跟芊宥上班上學時，媽媽她都一個人在家做家事，不然就是與朋友出去，可媽媽她一定會在晚餐時間前回家準備好晚餐的，所以我跟芊宥回到家的時候家中總是有著香噴噴的飯菜在等我們。

看著白梓齊的身影，我有點於心不忍。

「白梓齊！」我叫著他的名字，「你在這睡覺啊？會感冒欸……起來啦！」

他沒有回應我，整個人像是石像一樣一動也不動的。

我上前搖了搖他的身子，他還是沒有任何反應。

不會吧？他睡著了啊？這種天氣他竟然睡得下去……

「白梓齊。」他又用力搖晃他的身子，可他依舊沒有反應。

這下子我開始緊張了，如果只是睡覺而已不可能睡這麼死啊！會不會失溫昏迷啊？我腦袋開始想著有可能會發生的事情，也越來越覺得慌張了，如果白梓齊真的發生了什麼事情那該怎麼辦？我需要打電話叫救護車來嗎？

「白梓——」我又試著搖晃，沒想到下一秒原本安靜不動的他卻突然朝我大叫，「嚇！」

瞬間我心臟一縮，瞪大眼睛呆呆地看著他，他還對我吐了吐舌頭，一臉整到人的得意表情。

「便當姊，妳被我嚇到了對不對？哈哈哈……」他笑得很用力。

「……」

我瞬間無力的跌落在地上，白梓齊幾乎笑到噴淚，甚至興高采烈的在原地跳了跳，轉身見我一副呆愣樣，他停止了笑聲，朝我伸出手要將我從地上抓起。

「好啦便當姊，我扶妳起來吧。」

望著那隻幾乎慘白的手，我輕吐了口氣，將自己的手放在他的手掌上，卻在接觸到他手掌的時候，觸到了他手上的低溫。

他的手好冰！

將我從地上拉起來，見我站好後，白梓齊放開了我的手，又朝我的臉燦笑了一下，可見到我始終面無表情的臉後，他收起笑容，「欸，妳不會在生氣吧？」

我抬眼，對上了他的眼，伸出手摸向他的臉頰，他微微愣住，腳步稍微往後退了一步，本來要躲開的，最後卻也沒有，雙眼中透漏著疑惑，而我的手也順利的停留在他的臉頰處。

還好是溫熱的。

「便當姊妳幹麼摸我臉？」他問我，一臉不解，我感受到他有想閃躲的感覺。

畢竟給一個異性的人摸臉是一件奇怪的事情，是啊！我自己也是這麼認為的。

最後我趁著他不注意的瞬間，手移到他的耳朵處，用力的揪下去。

「啊啊啊啊──」他慘叫。

「你竟敢騙我！！」我大叫。

「姊，妳手好冰好冰好冰啊啊啊啊！」

「誰叫你騙我！！」

「痛痛痛痛啦──」

見到他的臉因為痛苦而揪在一起，我才滿意的放開他的耳朵。

「怎麼了啊？在吼叫什麼啊？」芊宥這時候才從家裡出門，疑惑的看著我跟白梓齊兩人。

「吳芊宥，你姊她欺負我啊！」白梓齊這臭小子惡人先告狀。

「啊？」芊宥滿臉納悶，看看他又看看我。

我攤手，「沒事啦！有人裝死嚇我被我報復罷了。」吐了口氣，我往家裡走進，要踏進家門口的時候，我又轉過頭對著白梓齊說：「喂！你來我家等啦！」

「噢，不用啦，我想我爸應該快回來了。」

「你想再被我捏耳朵嗎？」我的聲音很冷，面無表情地盯著他。

「喔……好啦好啦……真兇欸……」

白梓齊這才拉好書包走進我們家，當他坐在客廳的時候，我又想到什麼事情似的朝他伸手。

「段考考卷讓我看看。」我說：「我看過芊宥的考試卷，上面的題目有七八成我都有教過你，但芊宥說你的分數只在及格邊緣，所以我想知道你錯了哪些題目。」

「便當妹，段考都過了兩星期多了，就算了嘛……過去的事情重提做什麼？」他一臉不情願，我也猜到了他會有這樣的反應。

我收回手，語氣冷靜的說：「白梓齊，你不要讓我覺得自己做了徒勞無功的事情。」

他先是沉默，輕笑了一下，這個笑容輕描淡寫，非常非常的輕，輕到我幾乎以為他臉上的微笑是暫時的幻覺。

「便當妹，人生中本來就會有很多徒勞無功的事情了，而且這些事情妳不得不接受。」他竟然學起某個電影裡面的台詞。

「你錯了，徒勞無功是指那些你怎麼努力都無法達成的事情，講徒勞無功之前，你想想自己真的是盡力了嗎？」

本以為他又會回應出什麼話的，卻見到他蹙著眉頭，目光直盯著客廳上的桌子，沉著臉，就這樣再也不說話了。

我與芊宥面面相覷，他攤手，最後我轉身走進自己的房間，想趁著這段時間將今天的作業寫完。

約莫過了一個多小時，將近晚上八九點的時間，我寫完作業走出房門卻還是看到白梓齊賴在我們家。

「你爸媽還沒有回來嗎？」我走上前。

「就……」他扯了扯嘴角，「哈哈，想說晚點再回去。」

他的話讓我納悶，沒有想太多的直接說出口，「你跟你爸媽吵架啊？」

「哪有啊……沒有吵架啦……」

我擰眉，看著他的笑容，怎麼樣也無法跟著他一起笑，他先是笑著，笑到最後收起笑容，「便當姊，妳幹麼用這種眼神看我啊？」

「白梓齊，有一件事情我實在搞不懂，怎麼想也想不透，你到底為什麼故意將考試考爛？」

他眨了眨眼睛，歪了頭，「我哪有故意考爛，我……考試失常嘛……」

我輕吐了口氣，「第三次段考要到了，那經過了一次失常後，不可能會再失常了吧？」

「啊？」

「我先前的話沒有在跟你開玩笑，若你第三次的段考沒有進步，代表我教你的方式可能不適合你，若是這樣子，你以後就別找我做學習了，另外去找找其他適合你的方式。」

他沒有說話，好像在沉思。

過了幾秒鐘後他坐直身子，雙眼盯著我看，「便當姊，妳教得很好，不是妳的問題，是我自己的問題。」

我盯著他，輕嘆口氣，「白梓齊，我不知道你到底發生了什麼事情要讓自己擺爛，你的資質不錯，明明可以考好的，你就不怕你現在的成績會影響到之後推甄或是申請大學嗎？」

「資優生要開始對我管教了嗎？」他扯扯笑容，又是那種玩笑臉。

「……若不是因為很衰而認識你，不然你以為我想管你嗎？我也不想要一直讓別人認為我吳芊甯多管閒事甚至是自以為是，說直白一點就是你的生活你的未來與我有何相干？不是嗎？」

他盯著我，嘴角有著輕柔的微笑，目光也莫名的柔和，但這樣微笑讓我有種刻意綻放出來的錯覺。

「便當姊，我想我應該是一個……就算某天突然消失在這世界上，也不會有人為我掉一滴眼淚的傢伙。」

「你在說什麼話啊？」我有點不悅，「你消失了最先擔心的是你爸媽，他們是你的家人，怎麼可能不擔心你？」

「他們啊……」他的眼神突然變得無光，好黯淡，「可能我的消失對他們來說是一種解脫吧……」

我微微一愣，「什麼意思？」

「沒有什麼意思啦……」他臉上還是保持剛剛那抹輕柔的微笑，拿起書包往門口方向走去，我下意識的上前拉住他的手腕。

「白梓齊，你到底怎麼了？你跟你們家發生什麼事情？你剛剛說的那句話好可怕哦……你、你應該不會……」接下來我是想說『要做什麼傻事吧？』，剛剛他的語氣讓我有個感覺，覺得他好像一踏出去這個門我就再也見不到他了。

他轉頭看我，「沒有、沒事啦！」低頭看著那隻被我拉住的手腕，他輕笑了一聲，「便當姊，妳這樣抓著我我是要怎麼離開啦？欸？不過這樣子好像是一對情侶，女方要送男方去當兵，依依不捨的抓住男方的手腕，然後接下來應該是來個吻別才對……」說著，他的臉還真的湊上來。

我立刻鬆開他的手，還立刻將他人推出門外，「快滾回家去！」我朝他吼著。

「哈哈……」他笑得很大聲，轉過頭看我：「便當姊，妳別想太多，妳也不用擔心我啦！真的沒事。」

「白梓齊，你年紀輕輕不要搞自殺好嗎？」我說。

「自殺？」他像是看到什麼好笑的事情，又是一陣笑，「我怎麼可能會去自殺啦？哈哈哈哈哈……」

見他的反應，看來是我自己想太多了，擔心多餘了。
唉，就當作是我白為他擔心了。

第五章

時間過得很快，經過聖誕節與元旦，第三次段考即將來臨，白梓齊來我家念書的次數也越來越多。

看著白梓齊，我想起今天午休的時候見到他與張佳薇兩人在樓梯口處說話，當時兩人的神情都很緊繃，氣氛也不太對勁，旁人看過去兩人好像有小紛爭，更像是情侶之間的小吵架。

「白梓齊。」我忍不住又問了一次，「你跟張佳薇真的沒有交往？」

「沒有啊……」她又不是我喜歡的型。」他頭也不抬，拿起筆在習題本上面畫著題目上的重點。

「你跟她如果沒有交往，但我怎麼好像常常看到你們在一起？」

他抬眸，不偏不差的與我對上眼。

「有常常嗎？」他問。

「沒有嗎？」我反問。

「當然沒有啊！我上次跟她講話是十天前左右欸！」

「……」他又故意裝神祕，我開口正想問些什麼，最後又閉上了嘴。

「便當妳幹麼對我的事情這麼好奇啊？」挑眉眨眼，看似輕浮的表情可我知道白梓齊他又開始故意鬧我，他總是這樣子，將我的反應當作是玩笑之一。

我故意裝作冷淡，「你不說就算了，神經。」

「哈哈哈……」他一臉像是想到什麼事情的說，「不然這樣子好了，如果我告訴妳真相，那這次段考就讓我全都交白卷，怎麼樣？這個交易對妳來說完全不痛不癢的欸！」

我沉著臉，「白梓齊，你在開什麼玩笑？成績是可以拿來玩的嗎？」

白梓齊見苗頭不對，瞬間閉上嘴，下一秒我起身，什麼話也沒有說的往房間走進去，還用力的甩門。

也許是我自己太重視成績了，我確實很會讀書，每一次的小考幾乎都是滿分，我成績雖然好，但我也沒有看不起那些成績差的人，他們向我問問題，不論是誰我都很樂意幫他們解題、耐心的教導他們。

可白梓齊他不是，我知道他是故意的，但我不知道他故意這麼做的原因。

到底是因為什麼樣的事情，讓他如此的不在意自己的成績？還說交白卷也沒有關係？

他到底在想什麼啊？

我生氣不是因為我在他身上浪費時間，而是他對於求學的態度，如此的不認真，如此的敷衍了事，如果真的不喜歡上學那就不要來上學啊！知不知道這世界上有很多想上學卻無法上學的小孩啊……

我強迫自己深呼吸要自己冷靜些，好好的坐在書桌前，從書包裡面拿出別科的課本，翻了翻，最後視線落在某一頁上面。

可經過了好幾分鐘我卻一個字都讀不進去。

白梓齊這欠揍的傢伙！

房門突然被敲響了兩聲，我悶不吭聲。

「姊。」是芊宥的聲音，他的聲音聽起來充滿了無奈，「梓齊有話要對妳說。」

「可是我沒有話要跟他說。」我現在最不想見的人就是他了。

「他在家門口那裡等著。」

「那就讓他繼續等吧。」

「不好吧？外頭很冷……」

好樣的，來個苦肉計是嗎？

打開房門，見餐桌現在空無一人，參考書與課本也都被收拾了乾淨，我的目光又往家門口的方向望過去，家門大大的敞開，一個人影站在外頭。

他到底要幹麼啊？又是要跟我說什麼？

映著外頭昏暗的路燈，我看不清楚白梓齊的面孔，只見他朝著我揮了揮手，我沒好氣的走向他。

「真的在生氣啊？」他歪著頭。

我送他一記白眼，「要幹麼？」

他的雙手插進口袋中，輕笑了聲。

我說這臭小子，都已經覺得我在生氣了，還可以這樣嘻嘻笑笑的？

我用力哼了一聲。

「老實說，真的沒有人管我的成績欸……我們家的人沒有人在管的。」他低聲說：「除了老師外，妳還真的是第一個。」

「你爸媽怎麼可能不會管你成績？」我不相信。

「真的，我沒有騙妳，我是說真的，他們真的都不管的，他們只要求我在學校乖乖的，不要鬧事就好了，成績好壞並不重要。」他說完笑了聲，這笑聲在夜裡格外的清楚，加上他那特有的嗓音，每一個字的發聲都輕輕的觸動起我的好奇心。

我一臉錯愕的看著他。

「妳不要看我這樣子，在上一所學校我可是曾經考過全校第一名欸……」他的臉湊近，在我面前約莫半公尺前停下，映著路燈的臉從原先的昏暗變得清晰，見到他亮白的牙齒與臉上的笑容，我忘記要後退，細細的思索他的每一句話。

「第一次考到全校第一名時，我很渴望得到任何的獎勵，這獎勵僅僅只是一句話也好，『你很棒！』或是『你很厲害！』這些話都可以，我想要的只是個肯定，只是個讚美。」他嘆口氣，「結果我爸看了一眼成績單，接著就丟到一旁，什麼話都沒有說，我還提醒他說這上面是寫全校第一名，他也只是喔了一聲，沒有任何的表示。」

我訝異地看著他，想起當時國中第一次段考拿到全校第一名的時候，爸媽興高采烈的，給了我好多的零用錢，還請我去吃大餐，甚至帶我去挑選自己喜歡的禮物。

「白梓齊……」我的聲音在顫抖，白梓齊究竟是生長在什麼樣的家庭裡面啊？他這家庭沒有給他任何一點溫暖與關愛嗎？

但怎麼想都不覺得叔叔阿姨有他口中說出的冷漠啊。

「我話還沒有說完，嘗試拿過全校第一名後，緊接著下一次我就故意拿全校的最後一名，完全跌破了很多老師的眼鏡，哈哈哈……一想到那時候發生的事情就覺得很好笑，那時候導師以為若我沒有再次拿到全校第一，起碼有個前五名吧，結果我拿到了全校最後一名，差點快把她給氣死了。」伴著他爽朗的笑聲，微微的黃光下映出他燦爛的笑容，可我實在笑不出來。

見我都沒有動作，他停止笑容，看著我，「便當姊，妳不覺得好笑嗎？」

「我不知道哪裡好笑。」真的不知道。

「我要說的是……除了老師，妳竟然是第一個這麼關心我成績的人，讓我有點……有點高興吧，老師是因為責任義務而不得不管我們，但我覺得妳是打從心底關心，有點多管閒事，可是這樣的多管閒事卻讓我覺得有點欣慰。」

為什麼他的聲音聽起來有點憂傷的感覺？是我的錯覺嗎？

我聽了嘆口氣，「白梓齊，如果你真的要讓我感到欣慰，你第三次段考好好考，好嗎？」

他凝視著我一秒鐘，馬上點頭說好。

「不騙我？」我挑眉。

「不騙妳啊！但有什麼獎勵嗎？」

獎勵？如果真要獎勵，那應該要賭大一點。

「你第三次段考就考班上第一名給我看看，若考到了我請你吃飯，如何？」我說。

「好啊！」他的語氣上揚，有自信的表情，看樣子他覺得全班第一名對他來說不是難事，是把芊宥跟他們班的第一名放在哪裡了？

我大聲又補充：「還有，我還是窮學生，價格三百元上限！不准給我挑海鮮，我會過敏。」

「哈哈哈哈，來。」他朝我勾著小拇指。

「幹麼？」他不會是要跟我打勾勾吧？

「打勾勾啊！」還真的要打勾勾。

「白梓齊，你很有自信欸……」我伸出手指，他冰冷的手指立即觸上，與我的大拇指相印後飛快的放開我的手。

「妳不相信我曾經考過全校第一名啊？」他問。

「還真的有點不相信……」我看他前一所待的學校是排名很後面的學校吧？

「沒關係，拭目以待囉！不過——」他突然跳到我身邊，肩膀輕輕撞了我一下，「不得不說妳教得很好，段考前我還是可以來找妳解題吧？這樣算犯規嗎？」

「這樣不算犯規。」我說。

看著他那充滿自信的笑容，我有點愣住，到底是真的還是假的啊？白梓齊的能力比我想像中還要厲害嗎？

過幾天聽芊宥說，白梓齊現在上課更加的全神貫注，連下課期間也都在座位上看書或是寫題目，分分秒秒的時間他都不想錯過。

看樣子他是來真的。

這倒是讓我很期待他第三次段考的結果會是什麼，就算沒有班上第一名也沒有關係，至少一定會有很大的進步。

白梓齊的家庭勾起我的好奇心，傍晚幫媽媽洗碗的時候，我好奇的問媽媽，但她也沒有很清楚。

「隔壁那位阿姨我很少遇見，但某次看到她提了好多東西進家門，通通都是百貨公司的戰利品，至今我跟她只有打過招呼，從沒講過話，所以妳問我，我也不清楚。」

媽媽的話讓我對白家人的好奇心更提升，每次經過我都會往他們家多看幾眼，但他們家幾乎鐵門緊閉，就算趁著白梓齊開啟家門的時候往裡面看，也都沒有看到他爸媽。

「白梓齊，你爸什麼工作啊？」這問題我倒從來沒有問過他。

「他自己開公司。」他低頭看著手機，頭也不抬的說。

「不要邊走邊滑手機，低頭族。」我邊說邊用手戳了戳他的手臂，因為他身穿著厚外套，所以我故意戳得很大力。

「便當姊妳做什麼啦！不要戳我，很癢啦！我在請班長傳筆記給我啦！」他閃躲著我的攻擊。

跟班長借筆記？

我聽了不自覺地瞪大眼睛。

看樣子他真的很認真欸……

於是我縮回手，給了他一個奇怪的笑容，趁著他不注意的時候又用力戳了下去，惹得白梓齊因為癢而笑出聲，邊笑邊閃躲著。

「那你媽媽呢？你媽媽什麼工作？」我又問。

「便當姊妳在對我做身家調查嗎？」他手故意貼上臉頰上，微微嘟起嘴，裝作一副害羞的欠打樣。

「好奇而已啦……不能說嗎？」

「也不是不能說啦……」他的眼神開始飄移。

什麼啊？一副神神祕秘的。

「便當姊妳有手機嗎？」他突然其來的問。

「有啊！」我點頭。

「真假啊？資優生不是都那種死讀書的模樣嗎？妳也會有手機啊？」

我知道他故意在轉移話題，可偏偏他的話激到我，我不悅的從書包裡面拿出手機來。

「看到沒有？手——機——！」我高舉著。

他瞪大眼睛，裝作一副誇張的模樣，「天啊！是手機欸！」

「……白癡哦。」我送他一記白眼，低頭看了看手機螢幕，按了幾下都沒有反應，看樣子又沒電了。

本身拿了手機卻很少用，對我來說手機只是個可以撥打電話的東西，我也沒有在玩任何的社群媒體或是通訊軟體，對我來說是可有可無的東西，若有急事打電話不是比較快嗎？傳通訊軟體對方又不一定會第一時間就看到，若只是要聊天，打電話也是可以聊的啊……

雖然講是這樣講，其實我若真的辦了社群媒體跟通訊軟體的帳號，也不知道要加誰為好友。

第一個絕對是芊宥，可芊宥在家就會遇見；第二個應該是海晴，她前陣子一直在跟我抱怨怎麼不下載通訊軟體的ＡＰＰ；下一個順位可能就是班上一些交情還可以的好友吧？程介祥勉強加一下好了，雖然他有點吵，但算是一位蠻有正義的朋友。

接下來呢？白梓齊嗎？

我的目光不自覺的看向他，他跨上腳踏車後輕撫著自己的黑色秀髮，此時夕陽西下，橘紅的餘暉卻勾勒出他清秀的輪廓，襯托出他的無邪帥氣。

頓時之間，莫名的，真的是很莫名的，我的心臟竟然亂了節奏。

「便當姊幹麼一直盯著我啊？」白梓齊對我燦笑著，「已經想好要請我吃什麼大餐了嗎？」

「什麼大餐？」芊宥轉頭看我，一臉不解，因為他不知道這件事。

「你姊說只要我考全班第一名就要請我吃飯！」白梓齊說。

「啊?!」芊宥先是無語，接著一臉不悅，很像在責怪為什麼我不疼自己的弟弟，反而先疼起他同學了？

唉，我輕輕拍著自己的頭。

「反正全班第一名只有一個寶座，看你們兩個誰拿到，我就請誰吃飯吧。」我故意要讓他們互相競爭。

芊宥一臉不信，「真的？」

「對！真的，你們自己去互相傷害吧！」

「難怪你最近一直猛讀書。」芊宥現在才知道為什麼白梓齊這麼拚命念書的原因了。

「哈哈……被你姊請客，這滋味應該很不錯。」白梓齊說完開始踩踏起腳踏車，一下子就拉遠了與我們之間的距離。

「話別說得太早，說不定是我拿到。」芊宥也放話了。

我站在芊宥的後面，手輕輕的扶著他的寬厚肩膀，嘴角不禁扯著微笑。

還真是有點期待啊……

白梓齊認真到一種境界，他甚至在下課的時候會來我們班找我。

「班長！外找。」在教室門附近的程介祥朝我大吼，我轉過身，他指了指旁邊的白梓齊。

白梓齊手上抱著一本數學課本，朝著我微笑。

「這麼認真啊？」程介祥一臉像是看到鬼的模樣，也許在他的世界裡根本就不存在著認真這兩個字吧。

「對啊！快要段考了。」他點頭。

我走到他們面前，不禁納悶，「你要來找我解題？怎麼不晚上再來我家問我就好？」

「去妳家?!」驚訝的是程介祥，他在我跟白梓齊兩人身上看來看去的，臉上有夠曖昧的表情，我就知道他想歪了。

「別想歪，白梓齊是我鄰居，偶爾會來我家找芊宥一起讀書。」我解釋。

「喔……」程介祥還是一臉訝異，覺得我們這些在準備讀書的人是一群與他們格格不入的外星人似的。

「學長，考到全班第一名就有一份大餐哦！要不要試試？」白梓齊挑眉，故意說。

我當下很想揍他一番，與他的賭約他是要號朝全天下的人都來關注跟參與嗎？

「得了吧？我怎麼可能贏這怪物啊?!」程介祥手指著我。

「呵呵……」我僵笑，他如果真的考贏我，我看要下紅雨了，不對，不需要考贏我，他如果每一科都及格我就要懷疑他是不是曾經被外星人抓走改造過腦子了。

我看向白梓齊問：「哪一題要問我的？」

「打勾的這題。」他修長的手指指著其中一題。

我飛快的看完題目，拿出筆，將白梓齊的課本壓在窗台上，朝他招了手後開始講解這一題的題目，也順道在下面寫出會用到的公式。

「懂了嗎？」講解完畢後我抬頭看他，意外發現他竟然離我好近，近到我可以發現他的睫毛微微翹起，也可以聞到他身上傳來淡淡的洗衣精香味。

「嗯。」他應了聲，如此近的磁性聲音讓我不禁秉住氣，這清新的氣息如此的近，好像青青草地的鮮綠氣息，幾乎近到亂了我的心跳。

我咬著牙，微微的別開臉，覺得有點難為情。

「原來如此，我懂了。」白梓齊說，搶過我手上的課本，「便當姊，謝啦！」說完，飛快的消失在樓梯間。

「我一直很想問一件事情。」旁邊的程介祥突然開口。

「什麼事？」

「這小子為什麼一直叫妳便當姊啊？你們家又不是在賣便當。」

「呃……呵呵……這可能要扯到我跟他孽緣的開始了……」我冷笑幾聲。

「什麼？」

「算了啦！這不是很重要。」我看向程介祥，「反倒是你，段考要到了欸！都沒看你在準備念書的，這次你又不打算念了嗎？」

「班長，妳哪天如果看到我開始念書，那肯定是發生什麼事情了。」程介祥嘻嘻笑笑的。

我撇撇嘴，「一定要發生什麼事情你才肯讀書嗎？那怎麼不現在就開始準備讀書，以免未來會發生什麼樣的事情。」

雖然，我並不知道他言語中的『事情』是指什麼事情。

程介祥又笑了笑，「我已經很久很久沒翹課了，好懷念海邊哦！海的味道、沙的觸感，還有那一波又一波的海浪聲。」

我蹙眉，「現在冬天海邊應該很冷欸。」

「我又不怕冷。」

「好啊！那你翹課啊！」我攤手，根本就懶得理他。

想也知道程介祥只是說說而已，自從上次毆打教官被記了支大過，他就再也沒有翹課過了。

第三次段考很快的就到來，考完也即將迎接寒假。

段考一結束，白梓齊一臉神祕兮兮的笑容，問他考得好不好，他笑而不答，問他是不是考差，他還是笑而不答。

段考結束就立刻放假，要知道成績也要等開學後，既然白梓齊想要保持神祕，我也就隨他意，反正總有一天會知道的。

寒假期間，冷氣團南下，在短短的幾日中就驟降了七、八度，穿著也從原本的外套，變成了羽絨外套，連手套與毛帽也都從衣櫥底下拿出派上用場。

今天跟海晴有約，她說中區附近有一家裝飾很可愛的貓咪餐廳想要找我一起去。

其實我也不知道自己與海晴之間的友情是不是趨近於很好的朋友，人家常說好東西就是要跟好朋友分享，海晴是時常分享一些小餅乾小蛋糕，或是唇釉等一些彩妝品，可我對那些東西實在提不起勁。

或許，我太正經了，沒有什麼少女心在。

不過我該謝謝海晴，把我當作是她的朋友之一。

確認身上的衣服足夠保暖後，我走出家門，卻在踏出家門的那一瞬間被隔壁鄰居那傳來的巨大聲響給嚇到。

一瞬間，我的心臟一縮，內心的驚恐度頓時炸開似的，下意識地往聲音發源處望過去。

是白梓齊家傳來的。

我愣愣地看著白家的方向，大門掩住，無從得知裡頭發生的事情，但卻可以聽到裡面傳來的聲音。

「夠了！住手！」白梓齊的聲音傳出，大聲的，冷冷的，就跟現在的冷空氣一樣，沒有任何一絲絲的溫度在。

他說完的瞬間，一個女人的哭聲響起，那痛徹心扉的哭聲讓我瞠眼，當下我沒有多想的，走過去敲了敲他們家的家門，大聲地問：「白梓齊，怎麼了？你們家發生什麼事情？」

我的聲音讓他們家頓時又是一片亂，我聽到了叔叔的謾罵聲，覺得不對勁，我用力的敲了門，「有沒有事情需要幫忙？」

門開了，白梓齊面無表情的探出身，「便當姊。」他的聲音變得沙啞，臉色不是那樣的好看，很勉強扯了一個難看的笑容給我看，想讓我安心。

可我清楚的看到他眼中的煩躁與一股淡淡的憂傷在，我抓著他的手腕，「白梓齊，你們家怎麼了？」

「沒什麼事。」白梓齊面不改色的說，我感受到他的暗示，他在暗示我不要多管閒事，暗示我趕快離開不要多問。

我凝視著他的眼睛，眼裡昔日的光彩全然消逝，我又問：「那你……還好嗎？」

他又扯了一個難看的笑容。

「白梓齊，有事要說啊……不然我不知道該怎麼幫你。」

他伸出手，覆蓋上我抓住他手腕的那隻手，隔著手套我感受到他手傳來的冰冷，毫無溫度，冷得讓人幾乎窒息。

他望著我，「沒事啦……」低頭看著我的鞋子，「這靴子新買的？沒看妳穿過欸！」

很明顯的想要轉移話題，我也不知道哪裡來的勇氣竟然雙手捧著他的雙頰，強迫他注視我的眼睛，這一剎那我在他眼睛看到了慌亂，可卻很快的又消失不見。

隔著手套，隱約的感受到他臉頰傳來的體溫，我在他那清淨的瞳孔中看到了我自己。

「白梓齊……」

「便當姊。」他一手輕握住我的手，有些柔情的目光深深凝視著我，被這樣的溫柔目光注視，我一瞬間恍神了幾秒，心跳也亂了正常頻率，可這短暫的曖昧情愫卻又很快的消失。

「晚上再說好嗎？」他說，聲音變沙啞，「我晚上再找妳。」他將我的雙手從他臉上挪開。

「真的？幾點？」

「嗯……八點好了。」他說出了時間。

「好，這是你說的。」我最後才死心的後退一步，也一併拉開了與他的距離。

「所以妳答應要跟我約會囉？」他嘻皮笑臉，恢復了以往常常在學校見到的那樣子。

「誰要跟你約會啊？少往自己臉上貼金了。」

走了幾步，又有點擔心的轉過身看他，他人依舊站在自己的家門口朝著我揮手。

我再度又走了幾步，接著又轉過身看他，莫名有點擔心，好怕我此刻走了就再也看不到他似的，我不該有這種錯覺的啊……白梓齊他人怎麼可能會突然消失啊？

最後一次轉頭，他人還是站在那裡朝著我揮手，隨著風吹來，還聽到他在空氣中的笑語，「便當姊，妳想要我跟妳上演一段十八相送的戲曲嗎？」

看，就說是我的錯覺吧？

到了中區附近，海晴人已經在貓咪餐廳裡面等待。

我們紛紛點了餐點後，正巧有一隻貓優雅的跳上旁邊的空位上，朝我們喵叫一聲，這可愛的樣子讓海晴忍不住拿起手機拚命拍照。

看著貓咪，可愛是可愛，但我沒有想摸的想法。

「芊甯，貓咪很可愛欸！妳也來摸看看嘛！」海晴邊拍照邊朝我招手。

我笑著搖頭，看著桌上沾黏上的幾根貓毛，我很難想像等等送上的食物中是不是也都會有幾根貓毛在啊？這樣吃進肚子裡面能夠消化嗎？

與海晴聊著天，從班上的同學聊到家裡發生的近況，最後突然間，話題落到了經常來教室找我的白梓齊身上。

「芊甯，妳弟弟的那位同學，就是姓白的那位。」

「妳在說白梓齊嗎？」我問。

「對，就是白梓齊，之前我們不是在樓梯間看到他與張佳薇學姊兩個人在一起嗎？」

我點頭，這件事情到現在都還成謎，白梓齊人神神祕秘的，問他什麼也不說。

「我前陣子，看到他跟另外一位高三學姊站在一起。」海晴說：「不是張佳薇，是另外一個學姊，也是長得蠻標緻漂亮的，我們鄉下高中能出幾位美女啊？若出了美女肯定全校皆知的啊！這個學姊叫林珊，單名一個珊字。」

倒是沒想到海晴知曉這麼多我不知道的事情。

「白梓齊跟林珊在一起？」我問。

「與其說是在一起聊天，不如說白梓齊好像在打探什麼事情。」

「他能打探什麼事啊？」我微微蹙眉。

「這就是我想問妳的事情了，妳不知道嗎？」

「我不知道。」我搖搖頭，想了想，又再度搖搖頭。

唉，白梓齊身上實在太多祕密，我到底有沒有知曉這些祕密的一天？

傍晚八點整，白梓齊準時出現在我們家門口，他並沒有要進來的打算，我猜他要說的話自然是不想讓別人聽到，於是我要他等我一下，說完我走進房間穿上羽絨外套，接著走出家門。

一見到我，白梓齊朝著我笑，我看著他，忍不住說：「白梓齊，你身上到底藏了多少祕密啊？」

「什麼？」他挑眉。

「一下子是張佳薇，一下子又是林珊，你找學姊們到底有什麼事情？」

他聽了笑了幾聲，「張佳薇妳看過我知道，林珊妳又是怎麼知道的？」

「學校到處都有我的眼線。」我拍拍自己的胸脯，輕吐口氣，「好啦說正經的，你到底是因為什麼事情而找高三的學姊們？有什麼事情我跟芊宥不能幫你解決的？」

他抿笑，「說真的，妳還真的無法幫我解決這件事呢！」

「什麼事啊？」

「祕密囉！」他眨了眨眼睛，「總之我沒有在做壞事，妳別擔心。」

我微微蹙眉，總覺得心中有顆石頭沉甸甸的壓在那裡，「白梓齊，你真的沒有喜歡她們其中一個嗎？」

「啊？」他搖頭否認，「沒有啊！我不是跟妳說過了，我沒有喜歡她啊！」他搔搔頭，「便當姊，妳這樣……好像在質問我欸……我跟別的女生在一起妳覺得不高興嗎？嘻嘻。」

又是那種不正經的開玩笑話語，我無言。

「我沒有喜歡張佳薇，也沒有喜歡林珊。」他說完開始向前邁步，爽朗的聲音頓時消失在風中，修長的腳往前方走著，我看著他的背影，滿是無奈。

我並沒有喜歡白梓齊，卻搞得好像我喜歡白梓齊似。

我真的就是好奇。

追上他的腳步，我往他的背捶打一下，「要去哪裡？」

「逛夜市，來這邊三個多月了，都沒有去逛過夜市，聽芊宥說附近有個夜市很有名。」

「你真的要逛夜市？」

白梓齊用力點了頭，「當然。」

搭了兩站公車，我與白梓齊來到附近的夜市，這兒的夜市每到傍晚總是人滿為患。

白梓齊一臉興奮，買了一堆吃的，炸熱狗、炸皮蛋、炸花枝等等，他將食物抱在胸前享用。

「點這麼多？你沒吃晚餐啊？」

「我們家今天每個人心情都不好，所以大家都餓肚子。」明明說的是一件悲傷的事情，可他卻用打趣的語氣。

「你們家到底發生什麼事了？」我拉回正題，向一旁的攤販點了份炸薯條，往口袋裡面撈了撈，卻沒有撈到任何東西。

我用楚楚可憐的表情看了白梓齊，「啊哈，妳沒帶錢啊？」他說著，伸手幫我付了錢。

「你又沒叫我帶錢。」我責怪他，「約我出來又沒有說要逛夜市，剛剛口袋的銅板在搭公車的時候就用光了啦！」

「哈哈……」

「別笑了，快回答我。」我偷了他一塊炸皮蛋。

「就……吵架嘛……」他想輕描淡寫的帶過，可偏偏我不如他所願，我抓著他的手腕，讓自己往他靠近了一些距離。

「說清楚。」

白梓齊咀嚼食物的聲音傳來，他看著我，我看著他，他不斷的往自己的口中塞食物，從不間斷，一旁的攤販喊了聲，我的炸薯條炸好了，但也成了白梓齊的食物之一。

我輕撫著頭，懶得搶回食物，就這樣看到他將整份炸薯條全都吃了光，吃完後他又點了杯珍珠奶茶，等待飲料的同時我四處看看，看到有人在玩套圈圈遊戲，不禁一時興起，當白梓齊拿到珍珠奶茶後，我拉了拉他的手腕，朝套圈圈遊戲的方向走去。

「想玩啊？那就玩啊！」

我對他伸出手，「要經過金主同意囉。」說完後嘿嘿笑。

白梓齊才再度意識到我身上一毛錢也沒有，窮得可憐，他挺豪邁的拿了張鈔票遞給老闆，老闆收到鈔票後給了一籃子的圈子。

我拿起一堆圈子開始往裡頭丟，裡面的前排是娃娃類的，中間排是飲料類，最後排是各式各樣的酒瓶。

「便當姊，妳要套酒啊？」

「套看看啊！搞不好就被我套到了，我可以拿回家賣給我爸，藉此多賺一些零用錢。」

「哈哈哈哈……我看這種想法只有妳想得出來。」他失笑。

白梓齊站在一旁看著我套，我丟了幾次圈子，卻什麼也沒有套到，他最後看不下去，也一起玩了起來。

不公平的是，他只丟了三個圈子，最後卻套到一隻大娃娃，當我看到老闆拿著一隻史努比娃娃給他的時候，我傻愣，更加賣命的丟圈子，只是我再怎麼拚了命的丟，最後什麼也沒套到。

「突然覺得人生就像圈子一樣，明明想套的是心儀的東西，結果卻套到意想不到的東西。」白梓齊胸前抱著那隻史努比，玩弄著娃娃的耳朵。

我蹙眉，「你原本想套什麼？」

「就妳說的啊！酒，搞不好套到了可以給妳回去換零用錢……」

「套到了自己跟老爸換不就得了？幹麼要跟別人的老爸換啊？」

他笑了笑，「我才不要給那種人喝酒呢！喝了都不知道自己會做出什麼事，今天還好有我在，若哪天真的出了什麼事情，我可不能原諒我自己。」

白梓齊這一說我才意識到自己這趟出來就是要向他問清楚事情的，怎麼玩心發作，一玩什麼都忘記了？見時機不可錯過，我緊抓著他的手腕，「所以今天到底發生什麼事情了？白梓齊，你快跟我說。」

「便當姊，很痛、很痛、很痛……小力點啦……」他縮了一下，抽出他的手。

「說說說！給我說清楚！」別想再逃了。

「我說，我可以說，但妳得答應我一件事情。」他望著我，眼中盡是正經，原本的笑意瞬間消逝。

「答應什麼？」

「答應我，不可以用異樣的眼光，不可以用同情的眼光，不可以用悲傷的眼光看我，我可是受不了那種眼神的。」

「……好。」我說。

他凝視著我，眸中的笑意再度出現，伸出手用手背輕輕地敲了我的額頭，這只是短短幾秒不痛不癢的碰觸，卻輕顫了我的心湖，撩起了一些漣漪，也讓我瞬間恍神。

等等，我怎麼會有這些奇怪的反應？

搞得好像我真的喜歡白梓齊，真是夠了，我才沒有喜歡他……

「你說吧。」刻意忽略那奇異的反應，我催促他趕緊說下去。

他嘆了口氣，望著我，「我爸只要遇到不如意的事情就會酗酒，只要一酗酒，三兩言語激怒到他，他就會動手打人，他酒量很不好，幾乎兩杯就醉，但心情不好就愛喝，我跟阿姨怎麼勸他都聽不進去……」

我擰眉，「阿……姨？」

「嗯，阿姨啊！住在我家的那女人不是我媽，是我爸的小三，你們都以為是我媽嗎？」

我默默的點頭，「我只看過她一次……原來她不是你媽媽啊……那你親生媽媽呢？」

「我媽……她很少聯絡我，我也不知道她在哪裡。」

明明是令人難過的事情，白梓齊他卻輕描淡寫的說著，凝視著他的眼，我在他眼中看到了一絲絲的悲傷。

我蹙眉，心中有好多好多的疑惑想要問出口，可這一大堆問題的，要我開口問，我卻不知道要從哪個問題開始問。

「我爸跟助理外遇，然後跟我媽離婚，當初我媽雖想帶走我，可法律判定她的經濟沒辦法養我，所以扶養權在我爸這裡。」他沉下臉，「原先她一直上訴，可最後還是放棄，偶爾才會跟我聯絡一次……我說的偶爾是一年一次的那種，所以妳剛剛問我她現在人在哪裡，我是真的不知道。」

一股說不出來的情感堵在我的胸口處，悶悶的，甚至有點疼，緊緊的壓迫在我的心臟處，好像從心臟打出來的血液都混雜著悲傷，將我整個人推入了伸手不見的悲傷深淵中。

一隻溫熱的手闔在我的眼前，眼皮上的溫度讓我不禁輕顫。

「妳剛剛答應我的，不可以用同情的眼光看我。」

白梓齊的聲音一直是屬於很好聽又吸引人的，在黑暗中，更能顯現他聲音給人的安心感。

緩慢的移開手，我凝視著他，想對他微笑卻怎麼樣也笑不出來，臉頰上的肉頓時之間有了重量似的，扯了扯，還是笑不出。

白梓齊再度用手背輕敲了一次我的額頭，接著將手中的史努比塞進我的懷中，我愣愣地接住，他對我說：「這隻狗送妳吧，男生拿這挺奇怪的。」

「哪會奇怪啊？我認識的白梓齊可不會在意別人的眼光欸，說翹課就翹課的，想幹麼就幹麼，怎麼如今因為一隻狗而開始在意了？」

「哈哈……那表示便當姊妳可能還沒有很認識我吧。」他的笑聲隨著風飄到我的耳裡，化成了虛無。

我第一次看到這樣的白梓齊，因為坦承那不願面對的事情而強忍著心中的難過。

在黑夜中的那抹背影，明明是真實存在的，此刻卻好像是作夢似的存在在我面前。

第六章

開學後，上學期的期末成績在開學的第一天就發放下來，對於時常拿班上第一名的我早就習以為常，反倒我比較想快點知道白梓齊與我之間的賭約到底是誰贏。

中午吃完飯，我見離午休還有一些時間，便飛快的奔到芊宥他們班上。

並沒有看到白梓齊的人，而芊宥見到我的出現，從抽屜裡面拿出了一張紙朝我走過來，「這傢伙，根本隱藏實力啊！」他說。

我低頭看著成績單，直接找第一名的人，還真是白梓齊。

他的每一科成績都九十分以上，甚至有一科拿到滿分，成績單上面除了顯示這次的名次，還顯示上次的名次，我看到白梓齊上次的名次是第三十五名，全班總共四十個人，他能從三十五名飛奔到第一名，肯定讓許多人傻眼吧？

「你們老師有什麼反應？」我問。

「老師都嚇死了啊！白梓齊人現在在導師室裡面，因為很多老師都以為他作弊，就連班上同學也都以為他作弊。」芊宥的話聽起來無奈中帶點好笑，「他現在被抓去做測驗，老師想知道他是不是作弊來的。」

「哈哈……」我不禁笑了，「若是作弊應該很快就會被抓包吧？」

「是啊！所以應該是沒事啦，我對他蠻有信心的。」芊宥很有信心的說。

我點了頭，離開教室往自己的教室走去。

新學期我卸下班長這份職務，轉而當起總務股長，程介祥意外的當上衛生股長，我猜這是班上同學有默契的要他不要在打掃時間玩弄垃圾而做出的決定。

總之，新學期，一切是新的開始。

聽說白梓齊最後測驗出來，每一題都答對，甚至還隨機背了一段英文課文與國文課文，讓老師們不得不相信他沒有作弊，這就是他原本的實力。

放學期間，白梓齊悅耳的聲音傳來，「我挺得意的啊，一想到辦公室裡面老師們目瞪口呆的表情，我還是忍不住笑出來。」

「靠，隱藏實力欸！」芊宥笑著說。

「哈哈……」白梓齊將書包甩在背後，轉身別有意味的看了我一眼，我眼睛當然沒有瞎，看得懂他的眼神，這眼神帶著喜悅與閃爍。

「日期時間你決定後告訴我吧，我說到做到，只不過是請客嘛！」我說。

「哇！便當姊人真好啊！那就這周日的中午囉，我想吃火鍋，這種冷天氣就是要吃火鍋。」

「好啊！可以。」我抬起下巴，卻惹得芊宥一臉羨慕的表情，芊宥考到他們班第三名，也是大有進步。

算了，我好人做到底好了。

「芊宥，一起去吧！姊請客。」我勾住芊宥的手腕。

「真的？」

「假的，你忍心破壞我跟便當姊的約會嗎？」說著白梓齊往我的身上靠過來，乍看之下要黏上來，可在即將要碰上我肩膀的時候他止住腳步，保持著距離，嘻笑了一聲。

「啊？」這曖昧的話惹得芊宥的目光看了我，又看了他，「你們在交往啊？是什麼時候的事情？」

我傻眼，白梓齊則是狂笑。

「吳芊宥你發神經啊？我怎麼可能跟他交往？」我說。

「哈哈哈哈哈，芊宥，若是這樣子，你要叫我一聲姊夫欸！」白梓齊笑笑的靠在芊宥的肩膀上，「來，叫一聲讓我聽聽。」

「白癡啊？姊夫你個頭啦！」我舉起手往白梓齊身上打下去，沒有克制力道，惹得他唉叫了一聲，見到他吃痛的表情與手上麻木的感覺，我失措的看著他，「欸？你有沒有怎樣啊？我、我不是故意要打這麼大力的啊……」

「便當姊，我的壽命可能只剩下倒數時間了，十、九、八、七、六……」倒數到最後他身子一軟，靠在芊宥的身上，而芊宥也不給面子的直接跳了開，讓白梓齊不悅，「欸欸欸，你推開我是什麼意思？」

我忍不住笑了幾聲。

「便當姊，我下下週的升旗典禮可以跟妳一起上台領獎呢！」白梓齊轉過頭對我眨眨眼睛。

當下一愣，「你考進全校前三名？」不會吧？這真的假的啊？

「剛好第三名哦！所以便當姊妳要請好吃一點、高級一點的火鍋哦。」他燦笑著，此刻光線透過樹葉的縫隙直射在他的臉上，為他臉上的燦爛添加了閃閃動人的光彩。

我們已離腳踏車停放處不遠，他往自己的腳踏車跑了過去。

我凝視著他，一股複雜的情緒在胸口處流串，白梓齊如我所想的是一位資質不錯的好學生，可他先前卻放任自己擺爛，這樣子的行為無非是要引起家人對他的關愛。

腦中突然閃過他父親的身影，我真的很難想像叔叔他會酗酒，若不是寒假那天聽到了叔叔他的怒吼聲，我幾乎要懷疑白梓齊所說的真實性。

「姊，上車吧。」芊宥將腳踏車停在我面前，我扶住他的肩膀踩了上去。

到現在肩膀碰觸的惡夢還是揮之不去，我拉了拉書包背帶，在經過校門口的時候正巧是那位教官站在校門口那，他看到芊宥腳踏車後座上的我，囑咐了一聲要我們騎車小心。

我轉過頭，沒有回應他，攀上芊宥肩上的手不自覺的用力。

騎在後頭的白梓齊也同樣沒有理會那位教官，腳踩踏幾下，迎著風，他的瀏海被吹開，露出了額頭。

「便當姊，有想到要請我吃哪家火鍋店嗎？」

「你這傢伙只想到吃啊？」我不禁損他。

「該怎麼說呢？有點得意，有點爽啊！這是自己當初設好的目標，達成了當然爽翻天，不是嗎？」

聽了我不禁笑了，至少知道自己曾經做的事不是徒勞無功。

見到我的笑容，白梓齊微微愣住，「便當姊，妳笑成這樣子……」

瞬間收起我的笑容，「不、不行笑嗎？」他又要說出什麼話來損我嗎？比如『妳笑成這樣子好像花癡一樣，該不會妳在對我放花癡吧？這樣我會很不好意思欸！』

認識白梓齊也好一陣子了，多多少少可以知道他的臉皮似乎有那麼一點點厚，更可以了解他的白痴程度可以到哪裡。

「沒有啊！妳要多笑，多笑才好看。」他看著我，嘴角同時也牽起。

莫名的被他讚美，我愣了一下，最後撇過頭，雙頰麻麻的，我不知道我有沒有臉紅，若真的臉紅了我

阿姨。

也不想被他看到。

可在轉過頭後我不自覺的竊喜，只因為他那看似無心的一句話。

腳踏車轉進巷子，遠遠的就看到白梓齊的家門口站著一位女人，是先前我以為是白梓齊媽媽的那位阿姨。

當我們靠近的時候，她朝著我們微笑。

「幹麼不進去？」白梓齊從腳踏車上跳下，看著她問：「沒帶鑰匙嗎？」與前幾秒的興高采烈相比，現在他言語上的溫度降了幾度，態度有些冷淡。

我看到這位阿姨手上提了幾袋百貨公司買的東西，看來是她今天的戰利品，她穿得很時髦也很時尚，臉上的妝容很好看，是屬於古典型的美人，我的目光忍不住在她了臉上多停留幾秒鐘。

她與我對上眼，給了我一個微笑，隨後對白梓齊說：「對啊！瞧我這記性，我忘記帶鑰匙。」

白梓齊嘆口氣，從書包裡面拿出鑰匙開啟家門，隨後丟了一句：「進來吧。」

阿姨微微彎下身提起那些戰利品，又朝我們點了一下頭，最後走進家裡。

見白梓齊並沒有要幫阿姨提袋的打算，我猜他應該不是很喜歡這位阿姨。

是啊……自己的親生母親不知道在哪裡，而自己的父親又讓小三入門扶正，要是我是白梓齊，我也無法喜歡上她的。

即便她釋出善意，還是無法喜歡上的。

「姊，妳不進來嗎？」芊宥的聲音在身後響起，我轉過頭，點了一下頭。

我看著芊宥，「你是不是很早就知道這個阿姨不是白梓齊的親生母親？」

下一秒芊宥瞪大眼睛，支支吾吾的看起來很慌張，我攤手，表示我已經知情。

「喔……是他告訴妳的？」

我點頭。

芊宥喔了一聲回應，沒有多說什麼。

白梓齊的家我從來沒有走進去過，白梓齊也未曾邀請我跟芊宥進去。

偶爾的假日會見到他父親在門口悠閒的泡茶，有時候爸爸也會被邀過去，兩位長輩就在門口那一起下象棋。

曾經見到隔壁阿姨兩手滿是戰利品的媽媽，打從心裡覺得那位阿姨愛花錢，認為兩人的價值觀應該差很多，所以媽媽也沒有想要與那位阿姨更加深入認識或是結交朋友的打算，頂多只當點頭之交的鄰居。

過了幾週，也不知道是誰傳的，或許是有人猜測的，也或許是有心人士說出來的，總之不是我跟芊宥，我跟芊宥都是屬於死守著別人祕密的人，不知道什麼時候開始，那位阿姨是小三的這件事情就這麼在整條街傳開來了。

一開始我會知道這件事情是因為住在對巷的婆婆有一天對我招手過去，閒聊了一下，之後莫名的跟我打聽起白梓齊的事情，也莫名的講到他父親之前外遇而現在家中的那個女人是小三的事情。

我當下聽了很訝異，搖頭說我什麼都不知道。

媽媽知道這件事情後，叫我們離那位阿姨遠一點，甚至不要跟她有任何的交集，而偶爾去隔壁泡茶的爸爸則是被媽媽禁止了，媽媽覺得這樣對婚姻不忠貞的人不值得來往。

但對於白梓齊，爸媽本來就喜歡白梓齊這個人，好險他們並沒有因為這件事情而對白梓齊的態度產生任何的變化。

父親外遇，受害者至始至終都是無辜的孩子，爸媽他們對於白梓齊可能多多少少都有些同情吧。

對於街口鄰居的閒話，白梓齊有些心情不好，成天悶著一張臉。

我見狀戳了戳他的手，他瞥了我一眼。

「白梓齊，你沒事吧？」我關心的問。

「沒事啊！又不是第一次成為別人閒話家常的對象。」

他這無奈的話讓我無語，我想不到任何可以安慰他的話語。

「鄰居們就是八卦啊！你也可以八卦回去。」芊宥說：「比如，對巷巷子那位老奶奶的兒子是政府的通緝犯，販毒多年現在還在逃逸，又比如，隔隔壁鄰居原本有老婆，但老婆曾經給老公戴綠帽，最後被老公抓姦在床，結果夫妻鬧不合離了婚，，再比如，隔壁巷有個大學生因為愛慕學妹某天尾隨性侵未遂……」

我跟白梓齊越聽越傻眼，不懂芊宥為什麼會知道這麼多有的沒的。

「你怎麼會知道這些事情？」我問。

「對面婆婆挺八卦的，時常拉著我去講這些沒營養的事情。」芊宥回答。

「行啊！兄弟，都不知道原來你知道這麼多事情。」白梓齊勾著芊宥的肩膀，「那你知道對巷那個身材很好的女大學生有男朋友嗎？」

我蹙眉。

「啊？不會吧？你對那個女大學生有意思啊？」芊宥不敢置信的看他。

「哈哈哈，怎麼可能，考考你而已，看你是不是什麼事情都知道。」

「還好你對她沒有意思，不然你可要失望了，那個女大生很亂的，每次都帶不同男生回家……」

我的眉越擰越深，「欸欸欸欸欸，夠了你們！不要講這些有的沒有的，很沒營養欸！」
兩個人紛紛轉頭看我，一個乖乖閉上嘴巴，一個竊笑幾聲。
「便當姊，我送妳一個禮物好不好？」白梓齊突然說，眼睛直盯著我看。
「啊？什麼？幹麼突然要送我禮物？」
「就是想送啊！算是……算是感謝妳教我解題囉。」
「你要送我什麼？」
「祕密囉，禮物還在籌備中，妳以後就會知道了。」他裝作神祕的眨了眨眼睛，我看著他嘴角的弧度，知道自己再怎麼問下去他都不會透漏的。
「算了吧，別盡是想一些奇怪的東西，但如果你考上全校第一名，這禮物我會欣然接受的。」我說：「至少這樣可以證明我教得好，如此一來，我以後讀大學找家教就方便許多。」
「妳已經證明過妳自己了，沒必要再從別人身上證明妳自己吧？」
「精益求精啊！」我說。
白梓齊撇撇嘴，不想回我。
結果，下學期的第一次段考，白梓齊還真的考到了全校第一名。
這個人淺力無窮啊……讓我整個大大的吃驚。
若沒有他那些冷漠的家人，我猜白梓齊是不會讓自己怠惰的，這麼說起來……是不是還好有我的存在？
我並不懂為什麼白梓齊會因為我的關係而讓自己認真起來，是被我激到，還是他自己真的想通了？
若問他的話，他會認真的回答我嗎？
我想了想，決定還是不問了，有了這些好結果，對我來說就是欣慰的一種。

既然如此，那就別問了吧，我想。

早晨的升旗典禮，全班的秩序整隊好後我從隊伍中離開，踏著青綠的草皮往司令台的方向走去，才走沒有幾步，右邊的手臂被人輕輕的點了一下，我下意識的轉頭往右邊看，聲音卻是從左邊傳來。

「這裡。」屬於白梓齊那有磁性的聲音傳來，言語中充滿了笑意。

我無語的看了他一眼。

「又上當一次了欸！上次頒獎的時候妳也被我騙到欸！」

「……你真的很無聊。」

校排的前三名都到了，白梓齊站在我前方，他是代表高中一年級的第一名。

他雖然臉上笑著，可表現出來的笑意沒有像上次那樣子的深，上次考上第三名的他是打從心中散發著快樂，那快樂可以感染身邊所有的人，相較之下這次卻顯得平淡。

我不禁好奇，「白梓齊，你爸跟阿姨對於你考全校第一名，沒有說什麼嗎？」

「他哦？」他微微轉過頭，給我一個鬼臉，「當然沒有，如果哪天他會開始在意兒子的成績，我看應該是世界末日來的那天吧。」

雖然輕描淡寫佯裝作不在意的言語，可我感覺的出來白梓齊他中心是失望、是絕望的。

每個孩子都會想得到父母的讚許，短短的幾個字也好，即便白梓齊裝作自己不在意，但我能感受的到他的心情是失落的。

白梓齊的背影佇立在我的眼前，微微寬厚的肩膀看似可以阻擋著什麼，黑色秀髮因為微風幾縷髮絲飄啊飄的，第一次距離他的背影這麼近，我看到了他乾淨的耳背。

我完全沒有多想，此刻只是想給予他一些安慰而已，於是便朝他的背影伸出手。

當碰觸到他背的時候，白梓齊的身子明顯的輕顫了一下，他微微側身，我拍了拍他的背，發現他的背意外的厚實。

「你很棒的，真的。」我打從心裡這樣認為。

他的手抬起，從身後的角度看到他摸向自己的臉，肩膀起伏了一下，感受到他吐氣的聲音，他自己做了一個深呼吸，同時我發現他紅通通的耳朵。

想不到這傢伙會臉紅啊？

「謝啦，便當姊。」這聲音傳進我的耳朵，是如此的悅耳。

張口還想說什麼的時候，樂團那邊開始奏樂，我收回自己放在他背上的手。

升旗典禮就此開始。

這天放學，我如往常那樣站在芊宥教室外面等他們，當他們這堂課的老師說了聲下課，我將目光移到教室內，白梓齊此時走到我的面前。

「便當姊，這送妳。」

我低頭一看，他竟然把他拿到全校第一名的獎狀給我，我有點驚慌，「為、為什麼啊？你自己收著啊！」

「妳不是要證明自己教書教得好，方便以後大學的時候容易找家教嗎？不要只是口說無憑，這個就讓妳當作是憑據，方便妳之後拿來招搖。」他將獎狀塞進我的手中，不允許我拒絕。

我微微蹙眉，想將獎狀還給他，「白梓齊，不要鬧啦！你獎狀自己留著，以後升大學可以當作加分。」

「但我用不到的。」他搖頭，堅持拒收。

我無奈的看著他，「這個就是你之前說的禮物嗎？我可以不要收嗎？」

「這不是禮物，我要給的禮物可沒有這張紙這麼廉價。」他燦笑，雙手藏在後頭，讓我無法趁機將獎狀塞還給他。

「你不要鬧啦！」我說。

「我沒有在鬧啊！」

芊宥此時走出教室，看到我們兩個人打打鬧鬧的，他沒有多說什麼，好像早就習慣我跟白梓齊的相處方式。

「芊宥，你把這獎狀還給他啦！」白梓齊堅持不收，我只能叫芊宥幫我。

芊宥一臉疑惑的看向白梓齊，白梓齊說：「吳芊宥，不准收哦！那是我給你姊姊的，你收了我就跟你沒完。」

「吳芊宥，我是你姊欸！你是要聽你同學的話？還是聽我這有血緣關係的姊姊的話？」

芊宥一臉為難，看向我又看向白梓齊，最後他攤了手，「私人恩怨自己解決啦！不要把我拖下水。」

丟下這句話後他飛奔到樓梯口，白梓齊笑笑的看了我一眼，接著追上芊宥的腳步。

我最後無奈只好將白梓齊的獎狀收進書包裡面。

真的是非常非常的無奈啊！送我獎狀做什麼啦？

晚上我寫好作業讀好書，拿出白梓齊的那張獎狀看，白梓齊這三個字被刻印在獎狀上面，這殊榮是很難可以拿到的，可他卻偏偏一副不在意的模樣，我想了想，突然想到了一個方法。

如果我把白梓齊這獎狀拿去給他父親看呢？

我還是不相信他父親是這麼冷淡的人，任何當父母親的，如果有這麼優秀的孩子，應該都會引以為傲吧？

我心中打定了這主意，趁著這週末白梓齊與芊宥兩人外出去玩的時候，一個人拿著獎狀往白梓齊家按了電鈴。

聽到了從裡頭傳來的開門聲，來應門的是那位阿姨。

見到我的時候她面帶著微笑，「妳是找白梓齊嗎？他出去了。」

「我是來找叔叔的。」看著這女人的眼睛，她的眼睛很美。

「妳找白梓齊的爸爸啊？有什麼事情嗎？」

「我……」我從身後拿出獎狀，「阿姨，你們知道白梓齊在校的成績很厲害嗎？這是他這次段考拿到第一名的獎狀。」

阿姨接了過去，低頭看了一眼，僅僅只有一秒鐘而已，她就將獎狀退還給我，讓我懷疑她這樣子只是為了要打發我。

「嗯，很厲害呢。」她說。

我微微蹙眉，「阿姨，一個年級約莫有四百多人，白梓齊是這四百多人的第一名欸！」

「那真的蠻厲害的。」阿姨她的語氣平平淡淡，我猜可能是因為白梓齊不是她親生孩子的關係，所以她的反應才如此冷漠。

我不禁握緊獎狀，告訴自己要保持臉上的笑容，「阿姨，叔叔在嗎？」我想他親生父親的反應應該就不會像她這麼平淡吧？

「妳找他有什麼事情？」阿姨問。

「我想把這獎狀拿給他看，讓叔叔知道白梓齊是很優秀的人。」我眼珠子直視著她，動也不動的。

「喔……」阿姨擰眉，最後對我綻放出笑容，「你們這種鄉下的學校，應該隨隨便便的讀都會有全校前幾名的成績吧？」

這短短的瞬間，我瞠眼看著她，臉上的笑容垮下，不敢相信她剛剛所說的內容。

「啊……妳等等，我去請她爸爸出來。」阿姨意識到自己口直心快，連忙對我微笑，想用這笑容來解除尷尬，笑完後轉身往屋子內走去，沒有多久白梓齊的父親就出現在我面前。

「妳找我？我記得妳叫芊甯吧？」他父親的笑容跟我印象中一樣，是那樣的慈祥。

「叔叔好。」我有禮貌的向他打招呼，並將白梓齊的獎狀遞到他的面前，「叔叔，這是白梓齊這一次段考的結果。」我將剛剛對阿姨說的話再度對白梓齊的父親說。

他看了獎狀，眼底任何的波動都沒有，有的只是平淡與冷漠，跟阿姨剛剛的反應一樣。

這樣的結果讓我有點傻愣，還有挫敗。

「……好，我知道了。」他將獎狀接過，要轉身的那一瞬間我叫住了他，「叔叔！我聽白梓齊說您都不管他的成績好壞，是嗎？」

他望著我，沒有說話，像是要讓我繼續說下去似的。

我的手不禁握起拳，繼續說：「白梓齊的資質很厲害，如果他更努力一點的話，說不定前三志願的大學不成問題，可他對於成績這方面卻不怎麼看重，他曾經跟我說過，您對於他的成績不聞不問，這是真的嗎？」

叔叔的眼睛依舊盯著我，看似可以洞悉一切的眼神，眸中散發出的冷漠氣息緊緊的包圍著我，我的拳頭越握越緊，被他這樣盯著，我覺得有點緊張。

突然回想起很久以前自己待在教官室的情形，教官也是這樣盯著我，眼珠子黑白分明的直望，好像把我當作是獵物那樣子的看待……

我瞬間回過神，我怎麼突然有這樣子的聯想？阿姨正站在叔叔身後看著我們，叔叔應該不會像教官那樣對我才對。

這時候，叔叔開口說話了，「謝謝妳了芊甯，就如梓齊所說的，我確實不管他的成績好壞，因為他的未來我已經規劃好了，將來他畢業後要出國念書，之後會接公司的事情，成績好壞不重要，我還要他好好的玩好好的享受呢……況且，容我說一句難聽話，你們這種鄉下高中，隨便念念應該都很容易拿到全校前幾名吧？」

我錯愕的看著他，他順勢的將獎狀丟還給我，但由於處在錯愕的當下，我並沒有接好，那張獎狀就這樣飄落在地上。

就像一個劣質品一樣，一文不值。

我愣愣地看著那張獎狀，腦中回想起白梓齊在頒獎時他臉上的燦爛笑容與雀躍的聲音，是那樣的青春活力，那樣的高興。

……難怪，這所有的一切都說得通了。

叔叔早就將白梓齊的未來都做好了規劃，所以白梓齊在學校表現是好還是壞對他來說根本就無所謂，只要他好好的活著當個聽話照做的乖小孩就好了，是吧？

但白梓齊呢？他想要這樣子的生活方式嗎？

「未來？」我感受到我的聲音在飄，好像變得很遙遠一樣，「叔叔，你有問過白梓齊那是他想要的未來嗎？」

「他不要也得要。」他的聲音降到最低溫度，讓我感受到一股涼意從他身上散發出，從剛剛不知何時開始，他嘴角的淺淺笑意已經消失殆盡，我知道叔叔一直是一位不苟言笑的男人，可第一次面對這樣的叔叔，讓我措手不堪。

我不知道我最後帶著什麼樣的表情回到家中，回到家後，我坐在書桌前盯著那張獎狀看，整個處於失神當中。

這就是白梓齊所處的世界嗎？

一個冷冰冰的世界裡。

他父親將他當作是機器人，當作是魁儡娃娃，完全要他聽話照做，他的未來完完全全的被計畫好，只能無奈接受這被安排好的一切……

我咬著牙，頓時覺得叔叔跟那位阿姨好討厭，他一直以來都這麼看輕我們的嗎？就連平常跟我爸爸相處，也是用這種心態嗎？

我覺得好憤怒，可憤怒了我也不能做什麼事情來改變這一切。

這時候就覺得自己好微薄、好渺小，渺小到無法出面抗衡這些不合理的事情，在世界中我宛如是一粒沙子，而叔叔他是一顆巨大的石頭，我根本連對抗的資格都沒有。

這天過後，每當看到白梓齊，我都不自覺閃躲著他的眼神，漸漸的開始很少跟他搭上話，我知道這是叔叔的問題而不關他的事，但我卻不由自主地開始躲避著白梓齊。

叔叔這麼看輕我們，那白梓齊呢？他也是用這樣的眼光來看待我們的嗎？我不禁這樣子想。

白梓齊也發現我的不對勁，問了我幾次我都說沒事，可他不信，最後幼稚的走到芊宥身邊趁我不注意的時候搶走我的便當袋。

「便當姊，再不說妳的午餐就不用吃啦——！」還故意往便當袋敲了幾下，發出便當盒的撞擊聲。
「白梓齊，不要這麼幼稚。」我說。
「哈哈，妳第一天認識我嗎？」說完，他還真的拿著我的便當袋跑走。
芊宥一臉同情的看著我，卻緊抱著自己的便當盒，「妳自己去找他拿啊！」
「臭芊宥！你什麼時候站在他那邊了？我是你姊，你不是應該站在我這裡才對嗎？」
「我怎麼知道你們發生了什麼事啊……」他努著嘴，打了聲哈欠，我凝望著芊宥，最後將我去白梓齊家找叔叔的這件事情一字不漏的跟他說。
聽完後，芊宥愣在那裡，跟我當時的表情一樣。
「難怪我講到考大學，白梓齊一副無所謂的模樣，因為他不需要考大學，有個有錢老爸真好，有錢出國讀書，什麼努力都不用付出。」
芊宥擰眉，我才驚覺自己說得有點過份，「抱歉，我不應該這麼說的，整個被他老爸氣到，這什麼恐龍家長啊？」
芊宥低著頭，眼眸中漾出一股複雜的情緒。
他跟我一樣，都為白梓齊的遭遇感到無奈。
偶爾我們會對於人生感到徬徨，不知道自己應該要選擇什麼樣的未來，然而如果沒有這些煩惱呢？我們就不會感到徬徨，就不需要煩惱了嗎？
我跟芊宥一路從腳踏車停車場聊著，最後一起走到他的教室，從教室門口就看到白梓齊坐在座位上與隔壁同學開心的聊著天，他的椅子上掛著我的便當袋，芊宥走進教室時，白梓齊轉過頭看著我，下一秒將我的便當袋抱在懷中。

我覺得有點哭笑不得，這便當盒又不是他的，他怎麼……如此的幼稚又好笑？

「白梓齊，便當還給我。」我雙手盤在胸前，音量故意提高，他們班的同學聽到了，紛紛一臉好奇地盯向我跟白梓齊，有人會沒事拿著學姊的便當嗎？

「白梓齊，便當還給學姊啦！」

「你暗戀她哦？拿學姊的便當幹麼？」

「想跟學姊一起吃飯啊？哈哈哈……」

「想約會哦？」

他們班的男生開始起鬨鼓吹，我以為白梓齊……我以為這樣的青少年小男生聽到這些話語多多少少會用力的反駁，甚至是臉紅的趕緊否認，可白梓齊的嘴角越翹越高，他自己也抱持著看好戲的心情等待，似乎忘了自己就是這齣喜劇裡面的主角。

「別鬧了，便當還我。」我往教室的時鐘看過去，剩下幾分鐘就要打鐘了，我有點心急，還跺了腳，情急之下我沒有發現我一腳的鞋帶被我另外一隻腳給踩掉。

他們班的男生還在鼓吹，可白梓齊不為所動，露出古靈精怪的表情，期待著我的下一步動作。

唉……幼稚欸！真的是幼稚！

「白梓齊。」我嘟起唇，目光狠瞪著他。

「我不要——」他還對我吐舌頭。

我簡直氣炸！

我打算走進他們教室搶回我的便當袋，卻沒有想到踏出的第一步就踩到自己的鞋帶，下一秒整個人重心不穩直接朝冰涼的地板上跌下去。

痛啊！

跌在地上抬起頭，我看到幾個人的頭從窗戶那探出。

「欸，學姊跌倒了啦！」有人這樣喊，同時我聽到倉促的腳步聲，再度抬頭看到白梓齊人站在我面前居高臨下的看著跌在地上的我。

「便當姊。」

我瞪了他一眼，雙手撐起地板，想使力的同時他朝我伸出一隻手，我沒有想多的直接將手放到他的掌心上。

「妳的鞋帶。」他提醒，我低頭一看，放開他的手綁起自己的鞋帶。

膝蓋處傳來疼痛，我發現上頭有一塊瘀青。

「便當姊，妳要不要去保健室？」白梓齊收起剛剛的玩笑模樣，擔憂的看著我的傷勢，抓住我的手腕將我從地上拉起，我看向他，他眸中流露出關心與歉意，一見到這樣的眼神，我心中那團火頓時被壓下。

「便當可以還我了嗎？」我面無表情的說。

「喔……」他將便當袋遞到我面前，我搶了過來，此時鐘聲響起，我內心哀怨地叫了一聲，忍著疼痛趕緊往樓梯口移動。

「欸便當姊，妳真的不用去保健室嗎？冰敷一下吧？」白梓齊的聲音從身後傳來，但我不想理他。

膝蓋因為剛剛的跌倒而有些麻木，讓我無法好好的走路，白梓齊追了上來，站在我身邊看似想要扶我，可卻又不敢直接伸手。

我轉頭看他，他一臉做錯事情的表情。

「我沒事啦，你回教室去。」雖然很想開口罵他，但一見到他這樣子的自責表情，那些罵人的話語頓時之間說不出口。

白梓齊並沒有把我的話聽進去，而是一路陪著我走上樓梯，確認我安然無恙的回到教室後才離去。

一大塊的瘀青落在膝蓋上，讓我抬腳就微微的刺痛，我很想責怪於別人，可責怪了，傷口還是在，疼痛還是有，最後我搖搖頭，低身將自己腳上的鞋帶綁得更緊。

「欸班長。」某節下課程介祥走向我，我看向他，「你在叫我？但我不是班長了欸。」

「喔……那個吳芊甯。」

「幹麼？」

「筆記給我。」

「啊？」我懷疑自己的耳朵。

「我是說……借我，筆記借我。」

「我有聽到，可是你跟我借筆記做什麼？」我納悶地盯著他。

「我要努力向上。」

「啊？」這傢伙是頭殼壞掉了嗎？什麼東西？

「就上週啊！我看到那位姓白的學弟上台領獎欸！他不是都會來問妳問題嗎？結果全校第一名，那表示妳教得好啊！也教教我吧！」

我心中不禁嘀咕：這件事情你到現在才知道嗎？

因為膝蓋上瘀青的麻木感，帶來了一點搔癢般的感覺，我不自覺地用手去抓，卻又因為抓得太大力而不禁縮手，低頭看向傷口，這瘀青怎麼又變大了？

「妳黑青啊？」程介祥大驚小怪，「怎麼不去保健室？」

「小事而已，不想浪費醫療資源。」我拉回正題，「你說你要跟我借哪一科筆記？」

「筆記先等等啦……欸，妳去保健室啦……」程介祥說：「我奶奶就是跌倒流血不去給醫院看，結果蜂窩性組織炎欸！那個很嚴重的！」

下一秒鐘當我正要開口說話的時候，程介祥突然拉起我的一隻手繞到他的脖子處，我人就這樣被他從座位上拉起，我瞪大眼睛，話都還沒說，他的另外一隻手直接摟著我的腰，而我整個人靠在他的胸膛前。

「欸欸欸欸欸？你幹麼啊？」我想將這過分的親密給　拉開，程介祥身上的溫度太溫熱了，這溫度直接從那緊緊靠著的胸膛火熱熱的傳遞過來，讓我整個覺得很奇怪！很想立刻逃離這樣子的親近碰觸。

「程介祥，你放開我啦！」我差點尖叫，因為他竟然還想要給我公主抱。

他到底在幹什麼啦？男女有別他知不知道?!

「我就就就就……」他這才意識到自己的行為有點超過，整個結巴，小心翼翼的將我從他身上拉開距離。

我摀著臉感受到自己雙頰上著紅燙，他白痴啊？到底在幹麼啦？

「班長走啦！保健室！我我我我送妳到保健室！」我看到程介祥臉紅成一片，像是煮熟的番茄，周圍的同學開始嘻笑起，笑程介祥臉紅。

「我不是班長了啦！」我大叫，跌跌撞撞的走出教室。

「對不起對不起，我不是故意的！我沒有想太多啦！當初奶奶跌倒我就是這樣子對她的！我真的不是故意的！」程介祥拚命的想要解釋剛剛無理頭的行為。

「好了！你不要再說了！」我簡直快要發瘋了！

我緩慢的走下樓梯，卻在踏下最後一層樓梯的時候與不遠處的白梓齊對上眼，他歪著頭，看著我跟程介祥。

最後嘴角那依稀有個弧度出來，一個別有意味的表情呈現。

我快速的轉過頭，裝作沒有看到白梓齊。

天啊！再這樣下去我快要瘋了啦。

第七章

待在充滿消毒水的保健室中，保健阿姨低頭看了我的傷口，因為沒有出血，她給了我一個冰袋要我好好冰敷，我便離開保健室。

程介祥的腳步很緩慢，很明顯是在配合我的腳步，我擺了手，表示我人真的沒事。

一想到剛剛那突然來的懷抱，我想找個洞躲起來，程介祥這個大笨蛋！大白癡！他到底在想什麼啦？

「吳芊甯，妳真的可以走？不用我背妳嗎？」

我又瞪大眼睛，趕緊拒絕，「不用不用，真的不用啦！我可以自己走！」我快要崩潰了我。

「真的嗎？」他一臉不信。

「真的啦！難不成我現在是用飄的嗎？你把當我鬼啊？」

「喔……」他搔搔頭，張口卻欲言又止。

看著程介祥的側臉，與那稍微抓高的髮型，頂上的陽光將他身上的純白制服刷上了耀眼的存在，他第一顆鈕扣沒有扣上，露出裡頭的麥色肌膚與性感鎖骨，我轉過頭直視前方，停止打量他的外表，想到他為我而給教官的那一拳，我雙頰又不自覺地感到麻痺，心臟也不受控制的用力蹦跳。

回到教室，才剛坐下位置，海晴跟班上幾位女生就湊過來，問剛剛到底發生什麼事情。

我解釋著剛剛程介祥那莫名其妙的行為，用很無奈的語氣責怪程介祥少根筋，沒有意識到男女有別的這件事情。

「欸，芊甯，程介祥會不會是喜歡妳啊？」有一名女同學這樣開口，我愣住。

……不會吧？

「對啊！我也有這種感覺欸。」海晴跟著附和，點了頭。

「啊？少鬧我了……」我揮手否認。

我想起上學期白梓齊剛轉到這學校的時候他也是這樣子鬧我，說程介祥要跟我告白，害我差點上當被騙。

程介祥這樣的男生怎麼可能會喜歡我？

「當局者迷，旁觀者清。」海晴又說：「芊甯，我們沒事不會鬧妳這種事情。」

「但是——」

「妳想想看嘛！班上女生這麼多，他幹麼一直找妳說話？而且他上課有時候都會偷看妳，不信的話妳上課偷偷觀察就知道。」

我悶不吭聲，因為海晴的這句話，害我接下來的課程有意無意的就往程介祥的方向望過去。

我的座位若要看到程介祥，身子得微微側身，於是我假裝自己在拿掛在椅背上帆布袋裡的東西，有時候轉身時會與他對上眼，下一秒我很快地逃離他的視線，有時候看到他看著教室外的方向發呆，有時候則是一臉懊惱的盯著黑板，我也不知道我看了他幾次，都怪海晴，害我為了確認忍不住一直盯著他看。

「芊甯，妳在找什麼東西嗎？」無數次轉身的行為甚至惹來台上老師的關注，我頓時間覺得丟人，低頭看著自己的手，搖搖頭。

鐘聲響起，我沉重的吐了口氣，怪自己沒事一直觀察程介祥做什麼？簡直沒事找事做，這下好了，剛剛的課程內容只聽了五成進去，看樣子得自己讀了。

「欸班長。」程介祥的聲音突然在我身後響起，我有點嚇到，有點不自在的看著他，「幹、幹麼？都說我不是班長了……」

「啊？」他倒是一臉納悶了，「妳上課一直盯我，不是妳找我有事嗎？」

「……」結果反而是自己挖坑給自己跳，原來他有發現我在偷看他啊！真是丟死人了……

「我很認真上課的，好嗎？妳在監督啊？」

「沒有……」程介祥的眼神讓我忍不住移開視線，他那雙咖啡色眼珠映著教室上頭的燈光，看似好像在閃爍一樣，之前就覺得程介祥長得帥了，現在又因為海晴的那個推測，害我覺得有點彆扭。

「真的？」

「真的沒事。」我有點敷衍的微笑。

「好，那我找妳有事。」他卻這樣說。

「啊？」我的身子因為他突然的靠近不自覺的往另外一個方向縮，程介祥顯然沒有發現他與我靠太近，我都感受到他身上傳來的氣息了，最後我伸出手，抵著他的胸膛，同時掌中觸碰到他平穩的心跳聲。

「欸，有話好說你不要靠這麼近啦！」我趕緊收回手。

「喔，對、對不起……」

我用力的撥了撥頭髮，吐了口氣，「所以你要幹麼？」

「上一節課說的啊！教我讀書吧！」他懇求的表情，我愣了愣，他認真？

「我奶奶最近一直罵我，說我跟我爸一樣沒有用，只知道玩不會讀書，我已經很收斂了，已經不再翹課了，但被這樣說就是不爽，誰要跟那個爛人一樣啊？」

「你奶奶也是為你好啊……」

「所以，我被奶奶激怒了，我下一次段考一定通通都要及格，就算沒有及格，也要進步，我要讓她刮！刮、刮什麼？」原本的堅定語氣到後面弱掉。

「刮目相看？」

「對，我要讓刮目相看！」

我聽了覺得頭有點疼，連這些簡單的成語程介祥他都不會用了，感覺他進步空間挺大的。

「妳就教我讀書好嗎？白梓齊都能考到全校第一名了，我至少可以領到進步獎吧？」

白梓齊我根本就沒有幫多少，他天生就是資質好，只是故意不讀書，可程介祥？我還真的不知道他資質怎樣呢！

見到程介祥眼底的堅持，我點了頭，要他把國文課本拿來，首先，就是要他把課本上的文言文背熟，注釋也背熟，明天抽考！

他瞪大眼睛，「明天？」

我攤手，「明天正巧沒有考試，好讓你今天可以全神貫注的背課文，加油哦！明天背給我聽。」

「明天欸……明天欸！」他幾乎要尖叫。

「對，明天。」我笑著，「不要讓我失望，也不要讓你奶奶失望啊！程介祥。」

程介祥最後垂著頭走回自己的座位上坐好，一坐下來後他開始翻閱著國文課本，嘴巴上唸唸有詞，他真的開始在背課文，見狀我不禁開始竊笑。

笑了幾聲，看到海晴正盯著我的表情，我瞬間收起笑容，咳了幾聲，裝作剛剛沒有笑過。

她胡說的吧？程介祥怎麼可能會喜歡我啊……

放學期間，芊宥與白梓齊先行到我們教室外等待，我一踏出教室就察覺到白梓齊那盯著我膝蓋的眼神，他很自責，鼓著腮幫子一臉擔憂的模樣。

一天下來瘀青雖然還在，但好險有冰敷處理過，現在已經比較不腫了。

「便當姊。」白梓齊將我身上的書包給拿走，揹在自己的另外一邊肩上，「我拿。」他摸摸鼻子，逕自的走在前方。

芊宥看看我，關心了一句，「還會痛嗎？」

「不會了。」我搖頭，看著白梓齊的背影，他的背影看起來瘦弱卻很堅實，我覺得他是很想跟我道歉的，但似乎不知道怎麼開口，也許短短一聲的對不起對他來說很艱難。

但經過了一整天，原先責怪他的想法早就消失殆盡，就算他不跟我道歉我也不會在意，反倒覺得他這些的彆扭行為有些好笑。

「芊宥，我跟你換車。」抵達腳踏車停車場，白梓齊這樣說了一句，惹得我跟芊宥兩人面面相覷。

「啊？為什麼？」

「便當姊給我載。」白梓齊又丟下了這句，轉頭蹲身去解開腳踏車的鎖。

「白梓齊，你要載我？」我問，他點了頭。

芊宥將腳踏車的鎖解下後，他們兩個互換了腳踏車。

「真假？你……你幹麼突然要載我？」我遲遲不願意上車。

「好啦姊，他想載妳妳就給他載，不然我天天載妳這隻豬，腳有點吃力。」芊宥說的話讓我瞪了他一眼，轉頭又看著白梓齊，他的眼珠子直盯著我，遠方夕陽的橘在他的黑眸映上了光點，就像一顆黑寶石上頭的閃爍光芒，他的眼睛眨也不眨的的望著我，我被他這眼神盯著有點不自在，低下頭，往腳踏車後座走去。

撐起他的肩膀，我踩上火箭筒，卻在下一瞬間不禁哀叫。

「怎、怎麼了？」他有點緊張，一手撐著腳踏車的把手，一手緊抓著我放在他肩上的那隻手。

「沒事啦，我不應該用受傷這隻腳撐起的。」剛剛撐起的那一瞬間，疼痛感從受傷部位延伸到整隻腳，突然來的痛與麻害我不禁驚叫，也才知道這瘀青比想像中還要痛。

罪魁禍首人就在站我前方，我看著他，他看著我，他一臉不知所措，卻也不閃躲我的注視。

「白梓齊，你要賠我醫療費用。」我故意擺起臉，緩衝我們之間的尷尬。

「哦……」他搔搔頭，「那陪妳一輩子好了。」

這句話順著風的方向直進入我的耳朵。

我聽到的瞬間瞪大眼睛，雙頰頓時之間感到紅熱，一股熱襲捲我的腦子，我不敢置信的看著他，他見我這樣，也不自覺臉紅了，摀住自己的嘴，「我剛剛……說了什麼？」連他也不敢相信自己剛剛說了什麼不得了的話語。

我的天啊！白梓齊什麼時候學到這種撩妹話語啊？

我不禁握拳往他的身上打了一拳，「白梓齊，你瘋了嗎?!竟敢對我開這種玩笑！」

「痛！很痛欸！便當姊，妳到底要不要上車啦！不上車自己跳回去。」白梓齊說完故意往前滑行了一公尺左右，我連忙抓住他的制服不准他跑，再度撐起他的肩膀，這一次順利的站在腳踏車後座。

白梓齊微微側身，我拍了拍他的肩膀，「好了，回家吧。」

「嗯。」他低沉應了聲，開始踩踏輪子。

我站在他的身後僵直著身體，一方面是因為膝蓋瘀青的關係不敢亂動，另一方面是第一次給白梓齊載，害我有點不自在，明明已經認識半年多了，是在不自在什麼我也不知道。

剛剛芋宥早就等著不耐煩，先行騎走了，所以一路上只有我跟白梓齊兩個人而已，我的手抓著他的雙肩，只是輕輕地靠著不敢用力出力，他的兩側肩膀上已經背了我們兩個人的書包，我不想再增加他的重量。

只剩腳踏車輪轉動的聲音、周圍幾輛呼嘯而過的汽機車聲音、那些放學學生的談笑聲，這些聲音在我們沉默之下無限放大，我的臉依舊紅通通的，看著白梓齊的背影，與手上傳來他肩上的溫度，這莫名其妙的反應讓我實在快要受不了。

有點煩躁啊！

一定是因為他剛剛莫名其妙的話語，什麼陪妳一輩子？什麼跟什麼啊？

「便當姊。」在喧囂之中白梓齊叫了我，無數次的便當姊成了他對我的特有暱稱，我也懶得再糾正他了。

「什麼事？」

「……對不起啊。」富有磁性的嗓音傳來，我因為這突如其來的道歉愣了。

見我沒有反應，他微微轉過頭，「欸，妳有在聽我說話嗎？」

「有！有……」我反應過來。

「妳腳好之前，都讓我載妳，這樣才能減少我的罪惡感。」

我沒有想到他會這樣，「欸白梓齊，你不需要做到這種地步，這全然不是你的錯，是我自己冒失才會踩到鞋帶跌倒……」

聽到他輕笑了一聲，「妳也知道自己冒失啊……」

我咬著牙，捶打他一下，趁著他雙手都在忙碌的時候，這時機實在得來不易，於是我又打了他好幾拳，甚至還捏起他的肉。

「欸欸欸便當姊，妳不要趁機吃人家豆腐。」

他的話讓我更想打他，「誰想吃你豆腐啦！少臭美！」又想打他的瞬間他突然煞車，我整個身子往前傾，撲到他的身上去，突來的情況不只我哀叫，連他也哀叫了聲。

乍看之下是我從他身後抱著他的曖昧動作，我連忙拉開與他的距離，卻扯不下他在我身上的殘餘溫度。

「不要玩了啦……」他的耳朵紅了，我的臉也燙了。

「不玩不玩，你專心騎車！」

接下來的幾天如白梓齊所言，都是他騎車載我上學放學，讓芊宥一身輕，他悠悠哉哉的騎在我們身旁，經過了三天，我的瘀青好了些，已經不痛了。

我胡蹦亂跳了幾下，確認不會痛，於是我便自告奮勇的跨上腳踏車，「來，白梓齊，今天學姊我載你！對你很好吧？哈哈。」

白梓齊輕笑了一聲，尷尬的表情，沒有要上車的打算，我認真的看著他，「快點啦！我是說真的。」

「便當姊，別鬧了，我不可能會給女生載的，多沒面子啊！」

我挑眉，結果最後還是他載我。

「便當姊，我聽我爸說妳之前有來我們家過，是嗎？」他的聲音從前方傳來。

我愣了，沒有想到叔叔竟然會跟他提起這件事情，我還以為他會把這件事情裝作沒發生過呢。

「如妳所見，我父親是個勢利眼，很惹人厭，連身為兒子的我也很討厭他。」他說這話的同時肩膀微微在顫抖，像在隱忍著自己的情緒，「我真的，真的很不喜歡他……」

「白梓齊，你爸爸說你之後會出國念書，之後的路他都幫你安排好了，可是你怎麼想？你想去嗎？」

「我當然不想去，但我有這選擇嗎？」他的聲音充滿了好沉重的無奈感，「我媽也很少來看我，所以我才告訴過妳，會不會我消失在這世上，對他們兩方都好？」

我聽了不免為他感到心疼，心臟也為此微微抽痛，「白梓齊，你不要這樣想，每個人在這世上都是獨一無二的，沒有什麼誰消失了會對誰比較好，說不定在未來的某天，對某人來說你會是個特別且重要的存在，所以我拜託你，不要再說這些消極的話了，我聽了也會很難過的。」

他沒有說話。

我又問：「那如果沒有這些事情，你未來想做什麼事啊？」

然而，他沒有回答我這個問題，一路上再也沒有開口說話，直到進了學校，我跳下腳踏車，卻見到他在拭淚，我傻愣住，萬萬沒有想到眼前這位大男孩竟會流淚。

他很難熬、他很委屈、他很痛苦、他很為難、他很怨懟，所有的複雜情緒都在此刻成了淚水，他咬著牙鎖上了腳踏車，最後起身望著我，擤了鼻子，我下意識的伸出手拍拍他的肩膀，想給予他安慰，卻不知道要說什麼話，更不知道此刻什麼話適合說出口。

擰著眉，他搖搖頭，抹去淚水。

「因為這些束縛的存在，我從來沒有好好思考我自己究竟想做什麼。」

「白梓齊……」

「如果我媽可以帶我離開就好了。」

「……」

「我不應該跟妳說這些的，妳裝作沒有聽到。」原本快要哭喪的表情突然消失，他擺起臉來，想給我一個狠瞪的眼神，可這眼神配上那哭紅的雙眼，怎麼樣狠勁也使不上來。

我不自覺笑了出來，又用力的拍打了他的肩膀，「不說就不說，我什麼都不知道。」

「對，妳什麼都不知道！」

我又想到什麼事情似的，再度開口詢問：「白梓齊，我覺得……只是突然有這想法啦！你聽聽就好。」

「什麼事？」

「你的聲音很特別，很柔又很有磁性，未來要不要當配音員或是走廣播路線？」

他訝異的看著我，我抓了抓臉，「你……你聽聽就好啦……若不喜歡的話當我沒說。」避免掉尷尬，我快速換了別的話題，「對了我想問你，你爸對你這樣苛刻，那你媽呢？對你好嗎？」

「我媽對我很好，每次見面都帶我去我想去的地方，買很多東西給我，可能她覺得虧欠我吧……」他嘆氣，「可是她卻很少找我，估計也很忙。」說到這裡他仰望著天空，看向那一望無盡的藍，接下來吐出的話語順著風的吹撫輕輕傳進我的耳朵，「可能……我真的消失在這世上了，他們才比較快活吧……」

聽了我慘白著臉，二話不說的就直接往他的頭直接巴下去。

白梓齊驚叫一聲，我再次捶打他的肩膀，「我剛說了，不准講這種話！」

他回眸看向我，揉摸著被我打的地方，嘴角勾起了一點弧度，眼中充滿了笑意與一絲絲我不懂為什麼會有的柔情，突然間，他朝我伸出手。

當那隻手放在我肩膀的時候，我不禁縮了身子，無意識的將他推開。

他愣住了，看著自己騰空的手，同時我也愣住了。

「那個……我……」我試著想要解釋些什麼。

「嗯，不是妳的錯。」他看著自己的手掌，明明是在對我說話，可是卻不看我。

我咬著牙，抿著唇。

「……我應該快一點的。」

「什麼？」什麼快一點？

「沒事。」他縮回自己的手，「我們快點，芊宥等得不耐煩了。」

確實，我看到芊宥一臉不耐煩的朝我們走來，「你們在做什麼？也太慢了吧？慢到我都懷疑你們在談情說愛。」

「說什麼？不要胡說！」我瞪了芊宥一眼，回眸看向白梓齊，他沒有理會我們，低頭滑著手機，神情有些的嚴肅，接著我看到他將手機放在耳朵邊。

有點納悶這時候的他會打給誰，但正想要問出口的時候，我立即打消這個主意，他打給了誰，跟誰聯絡了，好像不關我的事啊……

即便他是跟張佳薇、林珊那些學姊們聯絡，我好像也沒有什麼資格管。

只是不曉得為什麼，我的胸口竟有些的悶，有些的煩躁。

程介祥一連背了兩週的課文給我聽，下課只要經過他的座位旁，都會聽到他小聲唸課文的聲音，他是真的很認真的在背課文跟註釋。

見他這麼認真，我便給了他幾本我多的參考書，要他自己寫題目，自己對答案、看解釋，如果有不懂的再來問我。

除了國文科目，其他的科目他也都會來問我，經過了短短兩週的時間，他第一次拿到了國文小考及格。

「哈哈哈哈，沒想到本大爺竟然考到了七十七分，我要來裱框紀念一下！」他站在座位上大喊，目光朝著我，「吳芊宵娘娘，謝主隆恩！娘娘千歲千歲千千歲！」說著還朝我拜了一下。

這樣的誇張行為惹得班上同學哈哈大笑，我還配合似的朝他揮手，「平身。」

程介祥的認真每個人都看在眼裡，不僅如此，還感染了常常與他一起搗蛋的那些同學，那些同學也被逼著開始認真念書。

「不認真就考不到大學！到時候看你們怎麼把妹！告訴你們，漂亮的正妹都在大學裡面！」

「老大，這太難的啦！」

「我都可以從二二奔到七七，你們給我好好念書就可以！」

我對於他的新式教法有點無語，可是卻也忍不住會心一笑。

小唯老師因為程介祥的轉變覺得很開心，還私下謝謝我一番。

更令人跌破眼鏡的事情是，程介祥在第二次段考，從班上的最後一名往前奔了十個名次，他如願以償的拿到進步獎。

若班上這樣子的讀書風氣可以維持到明年的學測，我想大家考上自己理想的大學是不成問題的。

「哈啾。」迎著風，我忍不住打了聲噴嚏。

「便當姊感冒了哦？」白梓齊說，我搖搖頭，可是卻馬上又打了聲噴嚏。

「要不要進去拿一件外套？」芊宥說。

我正要回答，此時鼻腔的一股壓力湧起，又讓我想打噴嚏，芊宥見狀開啟家門，走進去又走出來，出來的時候遞給我一件外套跟口罩。

「穿在學校外套裡面。」

「好。」

明明已經五月多了，上星期的天氣甚至直達二十八度左右，但經過了一個週末，這一週卻又降了溫。

芊宥與白梓齊等我穿上外套並戴上口罩後，三個人一同前往學校的方向。

這天我將早自習的考卷寫完後，就因為腦袋昏昏沉沉而趴在桌上睡著，當鐘聲響起的時候，我忍不住驚醒，旁邊的海晴擔憂的看著我。

「妳感冒嗎？」

「好像吧……」整個身子無力，我垂下眼睛，幾乎又想立刻入睡。

冰涼的手觸及到我的額頭上，我微微睜開眼睛，看到海晴將自己的手掌貼在我的額頭上，「芊甯，妳在發燒欸！」

由於腦袋昏昏沉沉的，對於她的話我沒有吸收完全，「啊？」

「走啦！先去保健室休息。」海晴將我從座位上拉起，勾著我的手走出教室，「至少等退燒再回來上課，我會幫妳跟老師說的。」

「嗯……」因為真的覺得很不舒服，於是我任由海晴將我帶到保健室。

我幾乎一躺在床上就立刻入睡，睡夢中偶然被鐘聲與保健室附近人們的談話聲吵醒，可是又很快地就入睡，我也不知道我到底睡了多久。

覺得自己好像躺在海上，起起伏伏的漂泊，沒有任何目的的隨著海流飄渺……

「便當姊。」白梓齊那爽朗的聲音突然傳來，我稍微恢復意識，可是卻睜不開眼睛。

「就說妳感冒了還不相信。」

我很想回話，但身子無力。

突然間，臉頰上有個冰涼的觸感，白梓齊這臭小子趁人之危！竟然趁我昏睡的時候戳弄我的臉！太過分了吧？等我醒來後我一定找他報仇。

「只有在這個時候我才能碰妳。」

……啊？

什麼意思？

他那爽朗的好聽聲音此刻變得好顯耀，猶如近在耳邊，富有磁性的音一陣又一陣的撥動我的心弦，平靜的心湖泛起漣漪，一圈又一圈的讓我的臉瞬間麻木，只是我沒有力氣睜開眼睛。

「欸，妳是真的在睡覺還是在假睡？」手指從原本的戳弄變成輕捏，白梓齊這人膽子不小欸……活得不耐煩了嗎？

感受到他的手指停留在我的臉頰上，輕輕柔柔的。

一陣濃厚的睡意再度來襲，對於白梓齊亂捏我臉的觸感漸漸降低，內心雖然想起身毆打他，可是意識漸漸消失，我彷彿又置身在海上一樣，身子起起伏伏的隨著海波卻找不到終點。

「便當妹，我喜歡妳。」

……！

啊？

「唉呦……這要我怎麼敢說啦……」

啊？

我強迫自己要清醒點，可是腦子沉沉的，沒有多久徹底跌入夢裡，我失去了意識。

當我睜開眼睛的時候，已經是中午時刻，腦中揮之不去的是白梓齊的那聲輕柔的告白，但那是我在作夢？還是他真的曾經在我身邊待過？

「醒來了？」保健室阿姨發現騷動聲，拉開簾子來看我，她幫我量了體溫，確認已經退燒才讓我回教室。

「阿姨，我在昏睡的時候有人來探望我嗎？」離去之前，我問了她這個問題。

當我問出這個問題的時候，我不禁開始思考，我心中強烈期盼著這個問題的答案是什麼，那聲告白到底是不是我在作夢？

「有個男生來過，說是妳弟弟，一下就走了。」

「嗯……」

是芊宥，不是白梓齊？

所以我真的是在作夢了？但我怎麼會夢到這個？

回到教室用了午餐，還好沒有再發燒，午睡的時候，由於早上睡太多，我根本就睡不太著，於是便小聲地翻著課本看。

「吳芊甯，這個給妳。」程介祥輕聲細語的在我桌上放了一罐舒跑，我愣住，他什麼也沒說的躡手躡腳走回自己的座位上。

看著那瓶舒跑，我轉頭看向程介祥的方向，他人早就趴著大睡。

咬著下唇，我要自己別再多想，專注於課本上面的內容，由於經過了長睡的關係，我的腦子異常的清楚，短短的一個小時內的午休時間，我就將今天的上課進度全部都自修完畢。

闔上課本後，我再度盯著那瓶舒跑，瓶身的周圍布滿了水滴，我卻沒有要擦拭的意思……

放學，因為心中實在過於好奇，我便問了白梓齊，「白梓齊，你早上有來保健室看我嗎？」

他眨眨眼睛，沒有回答，反而問：「怎麼了？」

「我在睡夢中好像聽到你的聲音，迷迷糊糊的。」

「哦？」他挑眉，「妳夢到我啊？我說了什麼話嗎？」

「聽不清楚，所以我才問你你有沒有去保健室找過我。」

他卻搖搖頭，「……我沒有欸。」

「沒有嗎？」我的聲音聽起來有些失落，「真的沒有？」

白梓齊看了看我，微笑著，「妳希望我去探望妳嗎？那妳應該早點告訴我。」

我擺了手，「沒有啦……」

「哦？不希望我去看妳？」

「也沒有……」

「便當妹，妳到底想要我怎麼做啊？」他開始失笑。

「唉呦，沒事啦！算了算了。」

看樣子是我在作夢。

一察覺這是在作夢，我胸口像是被一股莫名的煩躁情緒給堵住，壓得我難以呼吸，強大的失落感讓我像是整個人跌落了幽谷中，找不到方法逃離這樣的失望空虛感。

我到底是怎麼了？

見白梓齊的態度跟以前一樣，我便告訴自己，就真的當作是在作夢吧。

隔天體育課，與海晴前往操場，下了最後一層樓梯，我們見到白梓齊與一名高三的學姊站在不遠處的榕樹下，白梓齊拿著手機朝她錄影，周圍也站了幾位高三的學生，那位高三學姊說了什麼話我沒有聽見，低下頭，我加快腳步的趕緊離開。

「妳弟那位同學，蠻受高三學姊的歡迎欸。」海晴說了一聲，我轉頭看她，她輕笑了一聲，「上次是林珊，這次換張宇萱了，也是個不錯看的高三學姊。」

我沒有回應她，低下頭腳步不知不覺的越走越快。

「欸芊甯，妳有沒有看到他們剛剛在錄影啊？那什麼活動啊？」

「我不知道欸。」我搖頭。

「是哦……」海晴又因為好奇往後看了一眼。

「好了別看了，我們快走。」我勾起她的手，加快速度的往操場方向走去。

白梓齊找高三學姊的事情，至今還是一個謎。

我曾經問過芊宥，他也是搖頭說不清楚，只知道白梓齊的社團好像有活動需要高三的學姊來幫忙。經他這樣一說，我更加的疑惑了，白梓齊的社團是手語社，我自己也不清楚那幾位學姊以前參加的社團是不是也是手語社，可若需要幫忙求助，怎麼會找高三的學姊呢？

怎麼想，還是找不出答案。

怎麼問，他也是嘻嘻笑校的敷衍過去。

時間飛逝，很快的即將面臨最後一次段考。

經歷這最後一次的段考後，就是要迎接暑假了，暑假學校有暑期輔導，對我們高二的學生來說，距離學測只剩下半年的時間，所以導師要求班上的同學都要參加暑期輔導。

身為總務股長的我，收齊好班上的暑期輔導報名表與錢，清點完畢後我將報名表用橡皮筋捆綁好，並將鈔票放進信封袋裡面，趁著下課時間，我往導師辦公室跑去。

敲了敲門，喊了聲報告，我意外的發現白梓齊人也在裡面。

他站在他們班導師那裡，我目光淡淡的看了他一眼，乍聽之下，他們班導師好像在詢問他暑期輔導的事情。

我悄悄的經過他們身後，往小唯老師的座位走去，問了小唯老師隔壁座位的男老師，他說小唯老師去上廁所，很快就回來。

站在小唯老師的座位等待，我想起去年九月多第一次見到白梓齊的那天，也是像現在這樣站在導師辦公室裡面，他站在導師面前微微低著頭，正經的聽著導師的話語，我則是站在小唯老師的位置上偷偷的注意他。

悄悄往白梓齊的方向看過去，他的側臉清秀，頭髮因為最近有去髮廊而短了一些，眉目漸透露著一股純淨的氣息。

「芊甯，找我有事嗎？」小唯老師的話將我從思緒中拉起，我回過神，將手上的金額以及報名表交給了小唯老師。

「老師，錢跟報名表都收齊了。」

「好，辛苦了，趕緊回教室吧！」

「嗯。」我回應了一聲，再次經過白梓齊他們，經過他們那邊的時候，我聽到了他們導師問了他一聲：「你決定好了？」

「嗯。」那有著獨特嗓音的聲音吐著純粹話語。

在踏出導師辦公室門口的那時候，我轉過頭往他的方向望過去，正巧與剛好抬起頭來的白梓齊對上了眼。

我微微一愣，抿了唇，他則是朝我眨了一下眼睛，帶了些俏皮。

淡淡的看了他一眼，下一秒我便踏出了辦公室。

六月是鳳凰花開的日子，高三的學長姊也即將迎接畢業。

學校的中庭處有一整排的鳳凰樹，最近開滿了火紅色的花，一叢一叢的鮮豔紅色，看過去實在美麗無比，也時常有很多學生趁著下課或是放學的時間來拍照。

就連前幾天的放學我跟芊宥也被白梓齊抓去鳳凰樹下面那邊拍照，雖然一開始有點不情願，因為我不是個愛拍照的人，可是看到了鳳凰花的美艷，我們不自覺地拍了好多張照片。

這天下課經過中庭的時候，看到某班的學長姊在拍畢業照，我站在不遠處望著他們，攝影師很有技巧的帶動起氣氛，有時候拍正經的表情，有時候拍搞笑的動作，惹得他們不斷的傳來嬉鬧聲。

時間真的過得很快，可能一眨眼就會變成我們了。

當我轉身離開的時候，有人叫我，起先我不知道她是在叫我，直到肩膀被拍了拍，我無意識地跳開瞬間轉頭，原先驚恐的表情在看到是張佳薇學姊的時候鬆了一口氣。

不自覺的懷抱著自己的肩膀，我咬著牙，這種恐懼到底要到什麼時候才會好……

我不曾告訴過父母親，也不曾告訴過老師，唯獨只有芊宥、白梓齊，以及為我出氣毆打教官的程介祥知道這件事情而已，這件事情從來沒有結束，這種恐懼無時無刻都停留在我身上，揮之不去。

「抱歉，嚇到妳了。」張佳薇學姊一臉歉意。

我不懂為什麼張佳薇學姊會找上我，「學姊，妳找我？」

「嗯，妳是吳芊甯吧？白梓齊的朋友。」

「對……」我的表情變得更加的納悶。

然而，她的下一句話讓我愣住了。

「妳曾經，被教官性騷擾對不對？」

我瞪大眼睛，不敢置信的看著她，腦中一片空白。

「我曾經也有過。」她對我說：「妳不要看我這樣看起來很端莊，我以前可是常常與壞學生混在一起，也有抽菸過，所以跑過幾次教官室，那位混蛋教官都會趁教官室只有我跟他的時候對我上下其手。」說到這裡她緊握起拳頭，聲音變得顫抖，「真的很噁心……」

我愣愣地看著她，聯想到了某件事情，「所以學姊，白梓齊找妳是因為——？」

「他沒有告訴妳嗎？」張佳薇學姊問我，大大的眼珠子盯著我，微微擰著她那美麗的眉毛。

我搖搖頭，「沒有，有什麼事情是我必需要知道的嗎？」

反而她卻納悶地看著我，又問了我一句無關緊要的話，「學妹，我們畢業典禮那天，妳是代表班上來參加嗎？」

學校的畢業典禮就被安排在兩週後的平日，那天除了全數的高三畢業生都在禮堂內，另外高一與高二每個班級都需要派出的在校生代表來參與學長姊的畢業典禮並給予畢業生祝福。

我點頭，「我們班是我代表沒錯，可是……為什麼要問我這件事情。」

她微笑，「妳畢業典禮那天就會知道了。」

「啊？」

張佳薇學姊沒有再多說什麼，轉身走回他們班上。

畢業典禮那天就知道？到底是什麼意思啊？

週末的時間，白梓齊也沒有事先跟我們約好，約莫下午三四點就來摁了我們家的門鈴後就直接開口邀約我跟芊宥去海邊，我穿著居家服愣愣地看著他將芊宥推進房裡要他換好外出衣服，當芊宥的房間闔上後，他笑笑的指了指我的房間。

「為什麼突然要去海邊啊？」

「難得的假日，反正妳也沒事做啊！就一起去嘛！上次去海邊妳都在讀書，現在就好好的玩、大肆的玩！」見我不為所動，他牽起我的手，將我牽到了我的房間門口，還很自動的將我的房間門轉開。

「進去換衣服，還是……妳要穿妳身上這件小小兵居家服然後在海邊上面奔跑？」

我瞪了他一眼，「欠揍！」罵了一聲後走進房間將身上的居家衣服給換下。

抵達海邊大約是下午四點多，黃澄澄的夕陽垂釣在西方的另外一頭，等待躲入地平線下入眠，芊宥與白梓齊兩個人跟上次一樣開始堆起沙堡，兩個大男孩蹲低身子堆著沙，我走向海，任憑一波又一波的白浪沖打我的腳踝。

望遠過去，一片無際的海帶點灰與橘，海浪朝岸上沖上了無數的枝葉以及貝殼，一片枯葉落在海上，起起伏伏的飄渺著，我的目光默默的注視著那片葉子，如果它有了生命，是不是會奮不顧身的往岸上奔來？

人生中常常遇到沒有方向的事情，或許就如那片葉子一樣，隨著海波起起伏伏的，最後靠近了岸，卻也不知道這是否是它想要待的地方。

「便當姊。」白梓齊的聲音在我身邊傳來，我轉頭看他，卻在下一秒聽到了喀擦的一聲。

見到他手上拿著手機，我微微蹙眉，「你在拍照啊？」

「對啊！就是要趁妳不注意的時候拍妳的蠢照。」他微笑，「改天等妳有名的時候，我就可以拿去賣個高價錢了。」

「刪掉啦！」我氣急敗壞，伸手想奪走他手中的手機，他卻高高舉著。

「不刪，幹麼刪？很值欸。」他大笑。

「白、梓、齊！」我抓住他的臂膀，往上跳了幾下想奪走他的手機，明明手機近在咫尺，可是我怎麼跳就是碰不著。

見我想撈撈不到手機，白梓齊笑得更加大聲，我最後生氣，朝他的身體用力一推，卻因為反作用力的關係自己反而跌倒在地。

我一屁股坐在沙灘上，用非常兇狠的眼神瞪著眼前這位依舊在哈哈大笑的傢伙，「笑什麼？」手指隨意抓起沙就往他的方向灑去！

瞬間白梓齊哀叫一聲，手摀著眼睛，我這才驚覺自己有點過火了，趕緊從沙灘上起身走向他，「欸，你有沒有怎樣？我不是故意的……誰叫你……讓我看看你有沒有怎麼樣。」

白梓齊緊閉著眼睛，五官皺成一團神情痛苦，他身子微微蹲低，雙手撐在雙膝上，我一手擱在他的肩膀上，一手撥開他前面的幾縷瀏海，想察看他的眼睛有沒有被沙子侵入。

我湊了近，近距離的聞到他身上的清新氣息，也感受到他鼻子呼氣的流動空氣。

不自覺的秉住呼吸，我問：「左眼還是右眼？」

「這眼。」他伸手指向他的右眼，我看到他的眼角處擬出了一滴淚水。

我湊近，「你可以張開嗎？我……學電視上面，幫你把沙子吹出來好不好？」

我講完的瞬間，白梓齊的臉驟然往我的臉湊過來，溫熱的唇突然貼上我的臉頰，這個親密的碰觸來得突然也離去得迅速，當我的臉頰感受到這柔軟的觸碰時，他已經拉開了我們之間的距離。

「我不是故意的……」他說，解釋原先撐在膝蓋上的手突然滑開，他將掌心攤在我面前，手掌中有著一粒一粒的海沙，這些海沙伴著濕黏的海水使手掌與膝蓋之間的磨擦力減少，他才會突然重心不穩往我的方向倒來。

我咬著下唇，摸著剛剛那像是吻的碰觸，那一觸的皮膚好灼熱，有如被熱水濺到一樣，心跳聲也變大聲。

「便當姊，妳生氣了啊？」白梓齊的眼睛已經因為他不斷的眨眼終於可以張開了，那隻眼的眼白上面布滿紅血絲，看起來有點驚悚。

見到他眼睛那樣，我壓下心中那股難以言語的感覺，從隨身包包裡面翻找出一瓶生理食鹽水，遞給他的時候說：「用這個將沙沖洗出來。」

「妳要幫我沖嗎？」他微微一笑。

「自己用，不然找芊宥。」我雙手盤在胸前，在他轉身的那一瞬間摸向剛剛被吻上的臉，那柔軟的觸感好像還停留在上面一樣，猶如棉花糖軟綿綿的留下一些芳香，牽動起我那怦然的心跳聲。

明知這吻是個意外，可卻讓我的心跳節奏亂了，遲遲都無法回復。

我望著海的方向，內心的潮水像海一樣一波又一波的，心湖亂了、思緒亂了、什麼都亂了……

第八章

這天是高三學長姊的畢業典禮，早上趁還有一些時間，我坐在座位上吃著早餐，在眾多位在校生代表當中，我又被推派要致詞，前幾天的畢業典禮演習，我在台上眾目睽睽當中都唸得很順暢，相信等等上場不成問題。

吃完早餐後，我離開教室，嘴巴邊唸著那些致詞，邊緩慢的下樓梯。

走下一層樓梯，在樓梯口見到白梓齊揹著書包，我微微蹙眉，停下腳步納悶的問：「白梓齊，你要去哪裡啊？」

他微微一笑，一道溫暖的陽光正巧斜斜的灑落在他的臉上，金黃色的粉末將他臉上此刻的柔情顯得更加深刻，好像有什麼溫暖的感覺從他的胸口中漾了出來，我不明白他為什麼要用這般想念的眼神看我。

「白梓齊？」

他眼睛連眨也不眨的，只是看著我。

我舉起手在他前方揮著手，又問：「你怎麼了？為什麼要揹書包？身體不舒服要早退嗎？」

他臉上的笑容更加深，更加燦爛，他開口，用他那好聽的聲音說著：「便當姊，我要走了。」

「回家啊？所以你身體真的不舒服？」我一臉擔憂的看著他。

「放心，我沒事，我會好好照顧自己的。」

「你本來就要好好照顧自己了啊……」我的話卻讓他輕笑了一聲，他又望著我，看似深情的眼眸可卻讓我恍神了，我楞然，他身上的白淨制服因為風吹而飄動著，制服角好像是白色鳥兒翅膀一樣拍打看似要往天翱翔，我無意識的將耳朵附近凌亂的髮絲抓好，他卻伸出他的手，輕輕的將我的髮勾到我的耳背後。

手指離開，附近肌膚伴隨著發麻，整片麻到我的胸口處，欲要張口說些話，他的手移到了我的頭頂，幾乎不帶任何重量的輕拍了幾下，眼底順勢漾起了笑意，「等等致詞加油。」

我不自覺地抓起他的制服角，覺得異常，可是又說不出來是哪裡怪，「白梓齊，你人沒事吧？是哪裡不舒服啊？」

「我沒事。」

我一臉不信的看著他，他嘴角的弧度更深，「便當姊，瞧妳好像很緊張欸？要不要先背給我聽聽？」

「我才沒有緊張咧……」我的雙手不知道從什麼時候就緊緊相握住，「要我背給你聽也可以啊！」我清清喉嚨，「仔細聽哦——鳳凰花開的季節，即是學長姊你們要仰天翱翔的日子，相信你們在學校三年的時光中，有著許多難以忘記的回憶，這些時光伴隨著成長的喜悅、成長的痛苦，是一段燦爛無法被取代的時光……」唸到這裡，我抬頭見到他深情又帶點憂鬱的眼神，一對上眼我的呼吸頓時亂了片刻，朝他吐舌頭，「我、我才不要讓你聽到全部咧！」

他笑了幾聲，「這麼小氣？」

「怎麼樣？」我抬高下巴。

他看著我，問：「妳怎麼會想到用燦爛這個詞來形容高中的這段時光？」

「不論悲傷或是難過的成長，又或是喜悅無憂的成長，一定都會是光彩奪目無可取代的，在這時光中一定會遇到不少影響你人生的人，有些人或許只是短短相處一兩天，或是一個星期，這都有可能足以影響到你，不是嗎？」

他垂下眼，純淨的聲音有些沙啞，但卻還是好聽，「妳說得沒錯。」

我不禁笑了，「我覺得每個人都會有一段燦爛時光的，那屬於你的燦爛時光呢？目前有誰影響你了？」

「我——」他正要開口，廣播卻響起要各個在校生代表立刻去禮堂集合。

我敲打自己的頭，這才想起自己要去集合，「唉呦，白梓齊，我不能再跟你聊天了，我要趕快去集合才行啊！」說完我瞬間轉身，他卻在下一秒從身後拉住我的手，我整個身子因為他的拉扯而撞進了他的懷中。

臉頰摩擦到他身上的制服，一股淡淡的香氣直撲我的鼻腔，這純淨的氣息讓我腦中一片空白，我傻愣住，白梓齊拉著我的手，將我輕靠在他身上，他並沒有緊抱我，只是輕輕靠在我身上。

然而，我們之間的距離近在咫尺，近到我可以聞到他的氣息，可以聽到他均勻的呼吸聲，更可以感受到曖昧的氛圍。

回神過來我雙手推開他的胸膛，臉上的麻木感襲捲而上，「你、你幹麼?!」

「給妳個打氣，降緩妳的緊張，便當姊，再見啦！」他燦爛的笑著，揮著手瀟灑的轉身，我氣急敗壞的追上他，狠狠的捶打他一下，「今天我回家你死定了！」

他哈哈大笑，接下我的幾次攻擊，最後瞪了他一眼，我轉身往禮堂的方向走去。

「便當姊。」他在身後叫我。

「又要幹麼？」我回頭又瞪他。

沐浴在陽光下的他閃閃發光，耀眼的好像連髮絲都呈現金黃色一樣，讓我不禁瞇上眼。

「還記得嗎？我說要送妳個禮物。」

我愣住，「什麼啊？」

「要送妳的禮物等等就會收到囉！」他說。

「到底是什麼禮物啊？」我想抓著他繼續問下去，可時間正在催促，掙扎了一下，我的腳步開始移動，可是目光緊緊盯著他。

「妳加油，再見。」他雙手圈在嘴上，朝著我說：「還有，等等不要太感動掉淚哦！」

「又不是我畢業，我怎麼會掉眼淚？」我哼了一聲，加快腳步的往禮堂跑過去。

往後的日子想起這段離別，時常在想，如果這時候我轉身看他，如果這時候我上前抓住他，如果……

禮堂中，校長與師長們致詞完畢，我也很順利的致詞結束，真的多虧了白梓齊剛剛的胡鬧，我好像沒有一開始那樣緊張了，眾人接著鼓掌歡迎畢業生代表，是張佳薇，一開始知道畢業生代表是張佳薇的時候我很訝異，沒有想到她竟然是畢業生代表，但據說她大學上了前三志願，人又長得美，吸睛的外表確實適合擔任畢業生代表。

她挺胸端正的走上台，所有的舉止都是那麼優雅從容，她的美是可以抓住所有人目光的那種絕美，跟演練的時候一模一樣，當她講完那篇感動催淚的致詞之後，講台上方的投影螢幕漸漸放下，接著播放起這一屆高三畢業生在學校的生活照。

這些過往的生活照搭配輕柔的音樂，讓台下一些人忍不住傷心而落下淚水。

我試著想像著一年後的我，是不是也會像現在學長姊這樣子的感動、這樣子的難以忘懷？對高中生活充滿懷念，對未知的大學生活充滿期待與害怕？

高中三年大家各奔東西，各自往自己想去的方向發展，不論艱苦、不論幸運，這都是人生中必須經過的一環。

當音樂停止，我的鼻子微微的酸了，而張佳薇的聲音再度傳遍各個禮堂，跟上週演練的一樣，她要開始做結尾了。

「大家，在畢業典禮這一天，我必須要趁這時刻公然的控訴一件不能再姑息的事實。」她的這句話讓我愣住，怎麼跟演練的時候講得不一樣？

原本投影在螢幕上的影片突然換了，大家開始有了騷動，因為他們都發現演練並沒有這一個橋段。影片中，張佳薇站在榕樹下方，望著鏡頭，嘴唇顫抖：「我要檢舉張哲斌教官。」影片中張佳薇的表情變得犀利，「他媽的你是個王八蛋，我永遠記得那天，去年四月九日，就是這一天！你這混蛋趁教官室沒有人在的時候摸我屁股，對我性騷擾！我詛咒你下地獄！」說完張佳薇她很沒氣質的對鏡頭比了中指。

底下的騷動聲更加的大聲，這影片有經過裁剪，張佳薇的下一位是林珊，「張哲斌，你要不要臉啊？當教官就可以摸我大腿是不是？手直接伸進我的裙子中，校長，拜託，把他從學校剔除！不然會有更多女生受害！」

我瞠眼的看著影片，不敢置信此刻發生的事情。

『便當姊，我送妳一個禮物好不好？』

『祕密囉，禮物還在籌備中，妳以後就會知道了。』

『還記得嗎？我說要送妳個禮物。』

『要送妳的禮物等等就會收到囉！』

『還有，等等不要太感動掉淚哦！』

腦中響起的是白梓齊的聲音。

「我要讓大家知道張哲斌教官的真面目。」張佳薇的聲音在台上響起，跟剛剛相比她的聲音更加的尖銳與大聲。

『妳畢業典禮那天就會知道了。』

我的雙手微微顫抖，咬牙硬逼自己看著影片，眼睛灼熱了起來，我感受到溫熱的眼淚滾落我的面頰。

影片中前前後後總共有十位女孩子，最後一位是張宇萱，「張哲斌，我非常的痛恨你，你對我的性騷擾成為了我的惡夢，在場的校長、各位師長、各位同學，你們不覺得應該把張哲斌這位喪盡天良的變態給開除嗎？」

最後影片停留在「張哲斌，你沒資格當教官！學校應該開除你！」的字句上，台上已經站了十位學姊，通通都是剛剛影片中出現的那些受害者。

「我相信受害者不是只有我們而已！以前我們忍氣吞聲、委屈求全，可我們也有我們自己的尊嚴，非常抱歉讓好好的畢業典禮成了這樣，可是我相信大家認同我們的行為！」張佳薇一說完，全數禮堂的人紛紛鼓掌叫好，就連我身邊的高二在校生代表也是，這些聲音轟動了整個禮堂。

我拭去我的淚水，可這淚水卻無法控制不斷的流出，我不斷地擦拭，怎麼樣也擦拭不完。

『吳芊宥，她是你姊欸！你姊姊被教官性騷擾你還可以這麼冷靜？』

『我怎麼可能冷靜？可是你這樣衝過去你是要做什麼？打教官？罵教官？然後呢？他是教官，但我們只是學生啊……』

白梓齊……

原先凝出的淚水是因為畢業典禮的氛圍，那即將分道揚鑣的感傷與美好回憶的感動讓我的淚腺隱隱騷動，可現在的淚水全數都是白梓齊為我、為大家、為這些受害者所做的一切。

底下的騷動更加的大聲，讓在場的師長不知道怎麼安撫大家的激昂情緒、也不知道怎麼控制現場，高三生中不知道是誰大喊一聲：「開除張哲斌！」，之後陸陸續續的一堆人開始一起大喊，聲音震響了整間禮堂。

最後校長站上台，拿著麥克風表示一定會處理這件事情的，這才讓被打斷的畢業典禮得以繼續舉行，整個畢業典禮結束後，高三的學長姊在禮堂、校園四處互相擁抱拍照，我抬起腳步，飛奔似的跑到芊宥的教室。

原先白梓齊的座位卻空空一人，我這才想到他早退，便失落的走回了教室。

整天下來，我的思緒一直停留在畢業典禮上面發生的事，而整件事情也開始在學校瘋狂流傳，沒有多久，才短短幾個小時而已，幾乎全校的人都知道了，教官室與校長室前擠滿了一堆女學生，紛紛說她們也是受害者，這反倒讓當初無故毆打張哲斌教官的程介祥成了英雄。

「我當初那一拳就是為班長報仇的！」程介祥舉起自己的拳頭，引以為傲的抬起下巴。

「芊甯，妳也有……？」海晴小心翼翼的問，我點了點頭。

這件事情越演越烈，聽說張哲斌教官將自己關在教官室裡面不敢出來，每節下課總是會有一堆人跑到教官室面前叫囂，要他出來認錯道歉、要他離職，甚至有些同學們直接課也不上了，就一直站在教官室前面。

這場恍如抗議現場的暴動持續到下午三點多，最後學務處的主任出面要同學回教室上課，說學校一定會給大家一個滿意的交代。

好不容易到了放學時間，我要芊宥腳踏車騎快點，我想趕快見到白梓齊。

「芊宥，騎快點！為什麼白梓齊的手機一直打不通？」今天一整天我都在撥打白梓齊的手機，可每一通都進入語音信箱。

芊宥轉過頭用種匪夷所思的表情看著我，「……梓齊他沒有去找妳嗎？」

「找我？」

「嗯，早上的時候，他跟我說他要去找妳道別的。」

「他不是身體不舒服早退嗎？早退還要特地跟我道別？」我納悶的表情讓芊宥緊皺眉頭。

「姊，梓齊從今天開始休學了，今天是他最後一天來學校，他沒有告訴妳？」

我愣住，腦袋一片空白。

……什麼？

「他為什麼要休學？」我不自覺抓著芊宥的制服。

「他爸公司無預警倒閉，欠了很多錢，為了躲避討債集團上門所以趕緊跟著他爸一起離開。」芊宥的神情變了，「他都沒有跟妳說？」

我搖頭，「沒有，他沒有告訴我啊……我根本不知道他要休學，我根本不知道他要離開，我什麼都不知道啊……」

芊宥擰眉，滿臉錯愕。

「我早上是有遇到他，但他什麼都沒有說啊！他叫我致詞加油，然後跟我說再見……」

那聲的再見，就是在對我道別嗎？

我現在才意識到早上的種種，為什麼他要用那懷念憂傷的眼神看著我，又為什麼他叫我不要太感動，又為什麼……他要給我那個輕柔的擁抱……

『便當姊，我要走了。』

『放心，我沒事，我會好好照顧自己的。』

『妳加油，再見。』

當意識到這一切的一切時，我愣然，也就在這一瞬間，我腦中閃過了好多好多與白梓齊有關的畫面，他的每一個動作，他的每一個表情，他說的每一句話都突然閃進我的腦中，而後又驟然消逝。

我想起那純白的世界中，空氣中布滿消毒水的味道，那天我頂著沉甸甸的腦子躺在床上，一下清醒、一下入睡，現實與虛凝的世界不停的交錯……

「芊宥，你還記得我有一次感冒發燒，一整個早上都躺在保健室休息嗎？」我看著芊宥的眼睛，「你那天有來看我嗎？」

「這麼久的事情為什麼現在要提？」芊宥一臉不解。

「告訴我，那個人是不是你？」

芊宥眨眨眼睛，表情依舊納悶，可還是回答了我這個問題：「……我那天沒有去看妳，但白梓齊有。」

原來那根本就不是在作夢。

那溫柔的口吻，夾帶著濃厚的擔憂與關心，喃喃的自語卻近在我耳邊的告白。

我再也忍不住胸口上那股積壓了一整天的情緒，所有的情緒都在此刻爆發出來，我用力哭泣，淚水不停的掉落，想將這些悲傷難過給沖得遠遠的，這一整天下來，我不斷的想起白梓齊，我想起他對我說的話，我很感動他做的一切，我很謝謝他，我想見到他啊——

他為什麼連最後的離開都這樣子瀟灑？為什麼不好好的告訴我他要離開？為什麼不好好的說再見？為什麼什麼都不告訴我？

『便當姊，我喜歡妳。』

當芊宥載我回到家中，我還是不死心的摁了他們家的門鈴，我的視線一下模糊一下清楚，見沒有回應，最後抓著芊宥的手再次大哭。

他走了……他真的走了……

短短幾天，白梓齊的手機便成了空號，社群媒體關閉再也找不到他，通訊軟體ＡＰＰ也無法找到他人，他完完全全將所有的聯絡方式都停掉。

我的眼睛也因為流淚而紅腫不堪，上課無法認真專心，下課則是發呆恍神。數不清是第幾次拿出手機滑，通訊軟體上，與白梓齊的對話框顯示：沒有成員。上次的對話還停留在之前去海邊他將照片傳給我的那天。

看著與他的合照，照片中的他笑起來是如此的燦爛，我抿著唇，手不自覺的摸著他的臉部。憂傷感再度湧出，我趴在桌子上，偷偷的掉眼淚。

白梓齊這一走，我覺得我心中有某個角落快要崩塌了……

學測結束，我申請到心中所想念的大學，大學位在隔壁縣市，讓我方便每個禮拜都可以回家一趟。

放榜後，我待在教室閱讀一些課外讀物，偶爾幫要奮戰指考的同學們解題。

程介祥申請到了一間中上的私立大學，終於有學校念的他每天都分享著奶奶如何疼愛他的事情。

時光徐徐而過，沒有多久，鳳凰花再度開了，換我們迎接畢業了。

畢業典禮這天，每個畢業生都在自己的左胸口別了胸花，鮮紅色的胸花下紅紙金字的寫著畢業生三個字，即便我們還是嘻嘻鬧鬧往禮堂的方向移動，可不避免的有些感性的同學先行哭泣，這感傷的氣氛猶如病毒的傳播一樣，沒有多久班上有一群女生哭成淚人兒，幾位男同學還取笑著她們。

我抿著唇，在禮堂中想起了一年前在畢業典禮上發生的事情。

張哲斌教官在一年前事情爆發沒多久就被學校開除，而後據說好幾間學校都不敢收他，最後淪落到哪裡也沒有人知道。

畢業典禮結束後，大家依舊依依不捨誰都不願意離去，留下來一起拍了好多張的照片。

我胸口抱著典禮上領到的獎狀跟禮品，正要離開教室的時候，程介祥突然站在我身邊，一臉緊繃的看著我，「吳、吳芊甯，我有話要對妳說，出來一下。」

我看著他，見到他有點害羞的別過頭。

很多人搶在畢業典禮這天告白，抱持著反正告白失敗了也不會再見面的心態，有些人成功了，有些人失敗了。

我跟著程介祥走到走廊外，納悶地盯著他，他四處張望，表情變得慌張，確認了好幾次後，他卻開始結巴，好不像平常的他。

我隱約猜到程介祥對我有好感，他的眼眸與凝視我的神情藏不住這祕密的。

微微一笑，我裝作什麼都不知道的說：「程介祥，什麼事啊？」

「班長……不對，我一直改不回來，還是習慣叫妳班長欸……」

「你這麼希望我當班長，是想帶頭作亂嗎？」

「沒有好不好？我改很多了！」

程介祥所說的確實屬實，漸漸的他不再是那個帶頭頑皮翹課的男孩，漸漸的他搗蛋次數開始減少，漸漸的他身上帶了點成熟的氣息。

「你要跟我說什麼？」我問。

「吳芊甯，妳……妳有喜歡的人嗎？」

我不自覺的收起嘴角的微笑，愣愣地看著他，程介祥的身後是一望無盡的走廊，少數的畢業生站在走廊上聊天，可就在這個時候，周圍的嘻笑聲突然消失了，所有的聲音都被阻隔，我突然跌入了時空隧道一樣，在某年某月某日的一天，程介祥一樣是滿臉失措的站在我面前，而在他身後不遠處突然出現的白梓齊給了我一個有點詭異的微笑。

我的目光忍不住望向程介祥的身後，期許著是不是等等真的會有那個思念已久的身影出現，可等了幾秒鐘，出現的是隔壁班的男同學，他綻開笑容的往走廊的另一頭跑去……

瞬間回過神，當下所有的聲音再度傳進我的耳中，感受到此刻風吹撫過我手臂的溫柔觸感，眼前的程介祥望著我，一臉忐忑不安。

「嗯。」我回答，「我有喜歡的人了。」是個來不及說喜歡卻驟然消失的身影，對於他的喜歡，在他消失的這一年間宛如豆苗一樣，一天比一天的成長茁壯，濃厚到我無法忽略掉這份感情。

程介祥愣了，神情顯露出一些不甘心的情緒。

「程介祥，謝謝你。」我抿笑，越過他的身子往教室走進。

「妳喜歡的人是白梓齊嗎？」他的聲音叫住了我。

我停下腳步，轉過頭用種憂傷的表情看他。

這個名字在這一年間很少被人提起，可卻又不易淡忘，猶如被刀具狠狠的刻在心頭上，怎麼樣也無法忽略他的存在。

「對，我喜歡他。」我輕聲的說，可這聲告白的話語此刻無法傳遞給他知道，吐出的字語隨風而散，最後消逝在空中化成了虛無。

對，我喜歡白梓齊，但他已不在我身邊了。

畢業後我離開學校，芊宥升上高三，如今，變成他一個人騎著腳踏車上下學。

如果白梓齊沒有突然離開，他們兩人到現在還可以一起結伴。

有好幾次的時候我都會想起這個男孩，有點成熟、有點古靈精怪、有點義氣、有點搞怪、有點正經，他時常喊我便當姊，偶爾用開玩笑的眼神看著我，也偶爾用柔情的眼眸看著我。

去年，白梓齊跟著他爸突然搬離這裡，如今，這棟空房還沒有出租出去，一直空在那，等待著它的下一任主人來臨。

「芊甯，該上車了。」爸爸的聲音讓我的注意力轉移，他坐在駕駛座，芊宥則是從後座的車窗那招著手，「姊，不是要回大學？快哦！等等帶我去吃妳們學校附近的夜市。」

我不自覺的笑了，大學開學沒多久的週末，爸爸就說要開車送我回學校，芊宥當個跟屁蟲，路上有說有笑的，好不熱鬧。

「爸，隔壁的屋子還沒出租出去嗎？」我隨口問。

「有哦！聽說下週末會有一對年輕夫妻搬來。」

「哦……」

我手托著下巴，心不在焉的望著窗外那飛逝而過的風景，頓時之間覺得那飛逝的風景就好像我們飛逝而過的歲月，只是風景可以停留下來欣賞，歲月卻一去不回。

之後的時間，白梓齊在我腦中的記憶漸漸被其他事情給取代，久而久之，想起他的機率已經逐漸降低。

大學的學校宿舍四人一間，都是同班同學，因為一起上課、一起吃飯，久而久之我們之間的感情越來越好，這三個人當中，我跟一位叫做莊懿茹的女生比較好。

懿茹跟我不約而同的參加同個社團，廣播社。

我在升大學的那個暑假不知不覺的養成聽廣播音樂的習慣，以前讀書的時候房間總是安安靜靜的，周圍的環境沉默到自己的呼吸聲變得如此明顯，而在這個暑假，因為閱讀起課外讀物，我便搭配起廣播音樂來閱讀，偶爾時不時的會被廣播節目中的主持人給逗笑。

在廣播社裡頭，社長偶爾也會請知名的配音員老師來上課，讓對配音員有興趣的人受益良多。

時間的流逝促使我們成長，讓微微不成熟的我們脫離了最初的青澀、脫離了高中生活的稚嫩感，成為了一個小大人。

大學就像是小型的社會一樣，藉由通識課程或是參與社團接觸到各式各樣的人，了解不同個性的想法、理解不同的價值觀。

某天早上的時候，我瞧見芊宥傳了幾則訊息給我，說他們下個月要畢業典禮。

我突然感嘆起來，時間過得如此快，離開高中已經將近一年的時間了，那些別著畢業胸花在禮堂唱著畢業歌的我們明明就像是前幾天才發生的事情一樣。

「恭喜即將畢業啊！要什麼畢業禮物呢？姊任你挑選！」我這樣回傳給芊宥。

芊宥推甄上一所跟我同縣市的大學，他的想法跟我一樣，希望可以每個星期回家一趟。

「哈哈，那我要最新的電玩。」芊宥這樣回。

這小子明明很少打電動的，結果最近被班上的同學帶壞，一回到家裡幾乎都窩在房間裡面打電動。

「好！我說到做到。」我這樣回傳。

偶爾，我會想起那段的燦爛時光，真的只是偶爾。

這段記憶我不知道自己是不是想忘卻，記憶已經深深的住進了心中，就有如像被熱鐵烙火烙印在心臟上面，又或如同荊棘一樣的緊緊纏繞在心臟上，每一次想起，荊棘刺就冷漠的刺入心臟，如此的刻骨銘心。

懿茹的聲音讓我從這段痛心的回憶中抽離。

「芊甯，妳有要當社長嗎？小佑學長說最近會選出下一任的廣播社社長，有自願的可以向他報名。」

小佑學長是現任的廣播社社長，對每個學弟妹照顧有加。

我攤手，「都可以，那妳呢？妳有想要當社長嗎？」

「不知道，但我剛剛決定了一件事情。」

「啊？決定什麼？」我反應不過來。

「社長就由妳擔任囉！」她邊說邊滑著手機，「我剛剛向小佑學長推薦妳，嘿嘿嘿……」

突然間有點被人陷害的感覺，我無奈地看著她。

下一秒我拿出手機，開始通訊軟體後點了小佑學長的頭像，輸入「我要推薦莊懿茹擔任下一屆的社長。」

小佑學長很快的就回覆了，他說：「妳們兩個不要這樣互相傷害啊……」我笑起，此刻好像可以想像小佑學長懊惱苦悶的表情。

「妳在笑什麼？」我的笑聲惹來懿茹的注意。

「妳提名我，我也提名妳了。」我將手機丟在旁邊，一臉得意的表情看著她。

「吼——幹麼提名我啦——」懿茹開始慘叫。

「我們就看看鹿死誰手，到底吳芊甯跟莊懿茹誰會當選社長呢？」我微笑。

「搞什麼啦——」

結果，下次的社團結合所有的社員來不記名投票，我被選為下一任的社長，這個結果我欣然接受。

這週的社團活動一結束，我走到小佑學長面前與他約好交接事項的時間，確認好了時間，轉身道別要走出教室的時候，一個溫和的聲音叫住了我：「芊甯，恭喜妳，噢不對，從現在開始我是不是應該改口叫妳社長？」

我不禁尷尬抿笑，轉身望盡他的眼，這個人叫姜桓誠，是大我一屆的學長，與他的認識是在社團裡面，加上是系上的學長，所以與他的關係變得更加熟識。

姜桓誠學長有著一雙桃花眼，至今聽到不少的女生說與他講話會不自覺的掉進那雙眼睛中，他的眼睛像漩渦，會吸取人的目光，導致會不小心忽略他所說的內容，簡單來說就是他的眼睛很會放電。

「學長，別取笑我了。」

「下次一起吃飯，我最近知道一家很好吃的鬆餅店，妳應該會喜歡，順便慶祝妳升格社長。」姜桓誠學長說。

「學長，你不需要這麼客氣。」我微笑。

其實，我一直都知道姜桓誠學長對我是特別的，從他凝視我的眼神就看得出來。

「就當作慶祝嘛！明天晚上有空嗎？不行的話就後天，再不行的話就大後天。」

姜桓誠學長故意用這種方式約我，我抿了唇，想了一下：「就大後天吧。」

他燦爛的笑了，揮手道別後往走出社團教室。

懿茹這時候走來我身邊，故意用曖昧的表情，當然，她也看得出來姜桓誠學長對我有意思。

「妳什麼時候要答應學長啊？我都為妳感到心急了……」

我淡淡的淺笑，沒有說話。

「小心學長被人追走。」她說。

「被追走就表示他是屬於別人的啊！」我攤手，「是妳的終究是妳的，不是妳的再怎麼強求也不會是妳的。」

我也忘記是從什麼時候開始的，姜桓誠學長幾乎每天都會跟我說早安，睡前也會跟我說晚安他要睡了，就算那一整天幾乎都沒有聊天，他也還是會跟我說晚安。

我知道他要藉由這些小小的互動來關心我，而我也偶爾會跟他聊天，不得不說，姜桓誠學長是個很會想話題、很會聊天的人，每次與他的聊天都很熱絡，有時候心情不好，與他一聊完後心情就好些了，他真的是一個很好談心的對象。

能與這樣子的人一起交往，算是幸運的吧？

他對人溫和、體貼，在系上或是社團中見到需要幫助的人也會熱心幫忙，從來不會說不，這樣的個性加上帥氣的長相，固然引起不少女生的注意。

就我所知，光是社團就有兩位女同學喜歡他，系上的話，我就不清楚了。

我曾經問過自己，究竟自己到底喜不喜歡學長？可這個問題我真的不知道。

和他相處很愉快，好像沒有任何壓力的快樂，站在他身邊很有安全感，他好像幾乎會站在前面幫我擋住所有的危險一樣……

但我真的不知道自己喜不喜歡他，更別說是要不要與他交往了。

「姊，禮物收到啦！謝謝妳！」傍晚，芊宥傳了訊息給我，說他已經收到了最新的電玩。

我在學校的教務處有接一份行政事務打工，為自己賺些零用錢，芊宥即將從高中畢業，送給弟弟一份禮物以慶祝對我來說不痛不癢的。

好像能想像到芊宥此刻臉上的笑容，想到這，我不禁笑了出聲。

我與芊宥的感情就是這麼好，小時候雖然經常吵架，可自從上了高中後，我們幾乎再也沒有吵架過，也因為考上的同一間高中，我跟他的手足感情越深。

「下週二要畢業了，緊張嗎？」我回。

「不緊張，但我們班那位要代表畢業生致詞的傢伙很緊張，哈哈！」芊宥傳送這句話後，連續丟了幾個大笑的貼圖。

「笑成這樣子，你身為同學很沒良心欸！」

「哪有！我天天聽他背稿，搞到最後那些致詞內容我都背起來了！」

與芊宥聊了幾句，將近晚上十一點鐘，於是我叫他趕緊上床睡覺。

將與芊宥的聊天視窗關閉後，正巧姜桓誠學長傳了晚安圖來，我還沒有回應，他又傳了話來，「記得明天晚上七點校門口見。」他指的是我們的約。

抿了唇，我最後回了一個「好」字，以及一個晚安的貼圖。

有些人的愛情是習慣，對方會漸漸滲透自己的生活，漸漸走入自己的心中。

有些人的愛情是將就，無關於自己對對方有沒有好感，覺得少了個人在身邊，湊合著交往好像就解決了兩人的寂寞。

有些人的愛情是為了忘記，為了忘記上一個還待在心中的人，所以讓自己與對方在一起，藉此減少想念的時間。

有些人、有些人的，那自己呢？

我到底有沒有把心空了，等待讓下一個人走進的心理準備呢？

第九章

「姊，妳在大學有沒有遇到喜歡的人？」
這個問題芊宥曾經問過我，我當下沒有多想的，回傳了：「沒有。」
即使姜桓誠學長對我好，可我就是沒有辦法把他當作是對象，對我來說，他就是一位很好很好的朋友。
與姜桓誠學長的晚餐中，我們就跟平常一樣，聊了很多學校的事情。
當結束要去結帳時，我從包包裡面拿出錢包，但他卻叫我將錢包收起，說這一頓他真的要請客。
「若妳不想欠我人情，下次就換妳請我啊！」
來這招，如果我之後請了，他肯定還會再回請的。
「學長，你別鬧了。」我失笑。
「芊甯，我不相信妳看不出來我喜歡妳，整個社團都知道了。」
他的直接讓我無語，「學長，我……」
從他嘴裡吐出的話語如此有力，代表姜桓誠學長的自信，他一直是個很有自信的人，講起話來有條不紊，很有邏輯，每個字都包含了堅定。
但感情就是這樣，若有一方一直站在原地不前進，那這份感情始終都不會開始。
「怎麼不說話？還是妳要一場比較正式的告白？」他就是這麼的有自信，剛剛那聲告白對他好像是平常的問候一樣，整個人看起來完全不緊張不害羞，眼神直直地盯著我，沒有任何閃躲。

我被他這似乎能洞悉一切的目光盯著有點不自在，不自覺地閃躲他的眼神。

「學長，我——」我抿著唇，他還是直直地望著我，眼裡有著溫柔的笑意，這股溫柔像上頭黃澄澄的燈光一樣，溫暖的壟罩在我全身，見到這溫柔的神情，我真的不忍心拒絕他，他是這麼好的一個人啊！

「可以讓我考慮嗎？給我點時間。」我最後這麼說，胸口上被無奈的情緒壓著，他那期待的眼神讓我有點難以呼吸。

好想叫他別期待，但我卻不知道怎麼開口。

「……好，我給妳時間考慮，但妳一定要跟我說妳考慮後的結果哦！不論妳的答案是什麼，一定要告訴我，好嗎？」姜桓誠學長說著，嘴角的微笑一直保持著，但他不知道他這樣的微笑、這樣的溫柔反倒讓我的拒絕答案成了千古罪人。

「……好。」我聽到自己這麼回答。

這晚我卻因為姜桓誠學長的告白而輾轉難眠。

深夜中，我不斷的問自己：我拒絕了這麼好的一個人，好嗎？而拒絕他後呢？我會遇到下一個我喜歡上的人嗎？

人與人的緣分是如此的奇妙幸運與現實殘酷。

在芊宥畢業典禮當天，我在第一節上課鐘聲響起前傳了訊息給他，祝福他畢業快樂。

芊宥很快就回傳了訊息，他給了我一個微笑的貼圖，猜想現在在等待畢業典禮的他，人應該待在教室內與同學們盡情的拍照聊天吧？就跟我當時畢業的那天一樣，抓住身邊的好朋友們狂拍照留念，好像那時刻的分別就再也不會再見到面一樣。

學校的上課鐘聲響起，我將手機放進包包裡面準備上課，這堂課的教授很準時的在鐘聲響畢後走進教室裡面。

但這時候的我並不知道，剛剛與芊宥那短短幾分鐘的聊天，竟是我們最後一次的聊天……

中午，與懿茹去學生餐廳用餐，等待餐點的同時我拿出手機來滑，升上大學後，低頭滑手機打發時間不自覺的成為了我的習慣。

我才剛拿出手機，就被螢幕上面一堆家裡的未接來電搞得納悶，竟然足足有四十幾通未接來電，見狀我不禁趕緊回電。

然而，當另外一頭電話接起後，我徹底失神。

那一瞬間，周圍的空氣安靜了下來，好安靜好安靜，安靜的徹底，剛剛旁邊那一桌的情侶明明是在吵架，可現在所有的一切畫面都成了默劇，那些人用滑稽誇張的表情來表達自己的情緒，短短幾秒鐘，我強迫自己回過神，那些吵雜的聲音瞬間灌入我的耳裡。

我起身，「懿茹，我得回家一趟，家裡出事了。」說完，我拿起包包快步的離開餐廳。

誰來告訴我這是一場惡作劇，又或是一場玩笑？

剛剛媽媽打電話告訴我，芊宥在參加畢業典禮結束後出了嚴重的車禍，現在在醫院急救。

我全身發冷，明明是六月的大熱天，可我冷到骨子裡，好像有股冷意從我的腳底無情的闖入直達我的骨髓神經深處，讓我全身打顫個不停，我身上的每個細胞都在顫抖、都在害怕、都在發冷。

我慘白著臉，在學校附近等著公車，時間的流動還是一樣的，可我卻覺得這短短的幾分鐘像是一小時一樣的漫長，難熬感與緊迫感逼得我快要無法呼吸，我覺得空氣變得好稀薄，使我的每一口呼吸都是那麼用力、那麼的喘。

「芊甯。」

轉頭一看，是姜桓誠學長，原先是微笑的他在看到我的那一瞬間收起笑容。他現在的出現是我慌亂當中的短暫依靠，我的手不自覺的攀上他的手臂，聲音抖著說：「學長，我弟、我弟弟他出車禍了……現在在醫院急救……」我緊張的眼淚直掉，姜桓誠學長他臉上的神情變得凝重，下一秒鐘拉著我的手往學校停車場走。

「我載妳去，是哪間醫院？」他將一頂安全帽塞在我手中，我抹去臉上的淚水，向他報了醫院地址，多虧有他，讓我整整省了我半小時的車程。

抵達醫院後，我快速的跳下車，將安全帽還給他，「學長謝謝你……」

急診室的自動門敞開，我踏入急診室的那一瞬間，姜桓誠學長在身後大叫我的名字，我轉頭，一陣風迎向我，也將他的聲音傳送到我的耳裡，「有事再打給我，我一直都在！」

說完後，急診室的自動門正好關上，我轉身拔腿就往裡面跑。

我整個人像是被丟進深淵湖水中看不到任何的光線，黑幽幽的一片伸手不見五指，這黑暗冷得我痛苦，我無力掙扎，任憑那冰冷的湖水侵蝕我全身，讓我幾乎快要被凍結……

可我，終究還是來不及了。

醫生宣告芊宥他的內臟破損嚴重，急救失敗。

據說芊宥在騎腳踏車回家的時候，被一位失速的卡車從側面狠狠撞上，他整個人彈飛出去，約莫飛了五六公尺遠，最後像隻破娃娃一樣急速跌落在柏油路上。

現場滿是鮮血，他上台領取的畢業禮物沾了怵目驚心的血，畢業胸花也隨之破碎。

我聽了跌落在地，眼淚直掉，模糊的視線中看到爸媽抱頭痛哭，我不停的深呼吸，拚命的壓抑住自己的悲痛情緒，可這些悲痛感不斷襲捲而來，幾乎讓我痛不欲生，我彷彿在虛幻與現實中徘徊，這是假的吧？這不是真的，對吧？我是在作夢，是吧？

我好想從這場惡夢中脫離，可那悲痛哭聲不時的提醒我此時此刻是殘酷的事實，狠狠的像巴掌一樣衝擊我的臉頰。

好痛……

每一次的呼吸都像刀子一樣銳利，刮著我的心，疼痛的讓我無法說話，只能大聲肆意的哭泣。

他不在了。

芊宥走了，他再也不會回來了。

我向學校請了一個多星期的時間，在家中處理關於喪禮的事情，芊宥的朋友是我負責聯絡，我請他們空下告別式的那一天，來好好的跟芊宥道別。

畢業典禮那天的道別，是道別彼此的高中歲月，祝福彼此在未來的道路上能夠順利，而現今的道別，卻是天人永隔的道別。

我在芊宥的房間找到他國高中同學的通訊錄，一一的聯絡對方，當看到最底下那行用鉛筆寫上的白梓齊手機時，我失神了。

白梓齊……

這個名字在我人生中消失了一年多，如今再次看到這名字卻是這樣的情景，這複雜的情緒撞擊我那原本就痛到麻木不已的胸口，我顫抖著手一一的照著上頭的數字按下去，沒想到這手機竟不是空號。

白梓齊當年的離開，斷了所有的聯絡方式，就連同芊宥也是。

他像隻白鳥一樣的飛走，卻將遺憾留給我們。

一陣一陣的鈴聲響著，這鈴聲像木樁一樣一次又一次的搗著我的心臟，對方接通的那一瞬間，我的手抖得更大力，聲音突然沙啞，「你好，請問是白梓齊嗎？」

我不知道我現在的心情應該要是如何，卻偏偏聽到對方說打錯電話的時候，內心深處鬆了口氣。

到升大二的暑假，這段期間我幾乎都沒有住宿舍，每天的最後一堂課結束我便馬上搭車回到家裡，有時候是安撫爸媽脆弱的情緒，有時候是幫忙摺紙蓮花，有時候是接待親戚，而眾多的時候我都待在靈堂，聽著佛經望著芊宥的照片發呆。

照片中的他笑得是那麼的燦爛，這宛如是陽光般的笑容是他每天會有的樣子，靈堂內那片金色布簾子因為風的關係微微飄動，我好希望下一秒芊宥從裡面走出來，告訴我們他又活了過來。

可再多的妄想，在看到芊宥遺像的那一瞬間，都提醒著我他已經不在的事實。

他是真的已經不在了……

芊宥的告別式剛好選在暑假的前一週，告別式那天，他的國高中同學幾乎都來了，一抹抹的黑色身影依序上前祭拜。

我因為眼淚流乾加上整整一個多月沒有睡好而顯得臉色蒼白，在人群之中，連我自己都沒有發覺我竟然無意識的找尋那個消失已久的身影。

可是，他沒有出現。

是啊！他怎麼會出現呢？他根本就不知道芊宥過世的事情，他又怎麼會出現？

日復一日，大學開學了。

開學這天我將註冊流程跑完後，姜桓誠學長的聲音從旁邊飄來，我下意識的循著聲音轉頭望去，下一秒卻在另外一個方向聽到彈手指的聲音。

曾經有的熟識感讓我瞬間失了神。

那短短的剎那之間，我無意識的以為我會看到所懷念的他，純白的高中制服穿在他身上，黑色的幾縷秀髮順著風的方向飄盪，臉上陽光般的笑容說他這次拿到了全校第一名，然後口中叫著他對我的獨特暱稱……

「芊甯。」

姜桓誠學長的聲音讓我從這段思緒中離開。

我睜大眼睛轉頭看向他，他還是如往常一樣的，在與我對上眼的那一瞬間給我一個微笑。

「中午一起吃飯，要嗎？」他這樣問我。

我抿著唇，沉默。

整個暑假，姜桓誠學長天天傳訊息關心我，他不曾打電話給我，怕打擾我，連慰問的話語都只有三兩言語，不是打發、也不是敷衍，是因為他要留空間給我。

這就是姜桓誠學長的體貼方式，不會甜言蜜語，不會浮誇的贅詞，可是卻讓我知道他一直在，讓我知道我隨時都可以去找他。

我點頭，「那換我請你。」

「請我？」他一副有點懊惱，「但讓女生請客怪怪的，害我有點彆扭。」

「就讓我請客吧！當作謝謝你這一個月對我的關心。」

他歪頭，眼眸中閃爍了一下，他臉上的笑容很像春天般的溫暖，春天會讓百花齊放，會驅走寒冬的冷冽為大地帶來生命，那是不是可以將我那枯萎皺爛的心，賜與溫柔的能量，讓我活得像個活生生的人，而不是像個活死人？

「好，那中午十二點我在宿舍樓下等妳。」他說。

「嗯，等等見。」這是我給他的回應。

姜桓誠學長知道我還沉浸在芊宥死去的悲傷中，一頓飯下來，所有的談話內容都不曾提到關於芊宥的事情也不曾提到我家人的狀況，更不會追問他告白的答案，他只是分享了他這個暑假發生的趣事。

大多的時候都是他在講我在聽，偶爾我會笑著回應而已。

吃飯結束，他送我到女宿，新的一年我幸運的有抽到學校宿舍，與懿茹還是同學兼室友關係。

在宿舍樓下停住腳步，回眸看向他那溫柔的眼神，這樣的柔情對待讓我的胸口不禁一顫，他揮手說再見，我也揮手說再見，轉過身，走了幾步，轉頭回眸他還是站在原地那。

我相信姜桓誠學長會一直在那裡等我，等待我讓他住進我的心中，而我真的不想辜負他對我的喜歡。

我看著他，又朝他走過去，「學長，我可以給你我的答案了。」

他的瞳孔微微一縮，卻搖了搖頭，這樣的反應反倒讓我納悶，「你不想……知道我的答案嗎？」

我讓他等太久了，不是嗎？

「芊甯，現在這時刻若跟妳要答案，對妳來說並不公平。」

我微微一愣。

「趕緊回宿舍。」他說，聲音依舊溫和。

垂下眸，我點點頭，轉身離開。

我知道這是他對我的體貼與包容，他不想讓最近發生的事情來影響到我給予他的答案，但愛情，就是這麼的不公平啊！愛情世界中沒有誰先遇到誰，沒有誰一定會愛上誰。

只是錯過了此刻，我不知道我日後還有沒有勇氣可以答應他了。

開學沒多久，廣播社開始為社團博覽會忙碌，在學校的草坪上，一遠望去全都是社團的攤位。

我看到小佑學長與其他幾位男生將廣播社三個大字貼在棚上，確認位置並確認不會掉下後，我舉手比了個OK的手勢。

「等等懿茹與小于兩人站在這裡發傳單，只要看到新生就發，佳佳站在這裡，還有這裡也要站兩位，對了，設備組音樂跟麥克風確認好了嗎？」一堆事情我紛紛做好了最後確認，坐在椅子上喘息。

「辛苦啦！新任社長！」小佑學長拿了一瓶舒跑給我，我接過說了聲謝謝，卻在摸到瓶身上面的冰涼水珠時，微微蹙眉。

「不喜歡舒跑嗎？」我的反應被眼尖的小佑學長發現，我淺笑，搖搖頭，「不是，是我剛好生理期來不能喝冰的，但還是謝謝你。」

社團博覽會是一整天，中午時刻我的腹部突然疼痛劇烈，他們見我臉色慘白便要我回宿舍休息，我禁不起他們的懇求與拜託，最後緩慢的往宿舍方向走去。

「芊甯！」姜桓誠學長的聲音在身後響起，我轉過身，看到他向我跑過來。

「這給妳。」他將一瓶熱巧克力牛奶塞進我的手中，巧克力牛奶溫熱的溫度就像是他給人的感覺一樣，我的心臟漫起了一股異樣的感覺，這異樣的感覺將胸口處塞得滿滿的，滿到讓我不禁鼻酸了。

「好好休息，不要勉強自己。」他拍了拍我的頭，然後轉身小跑步的離開。

看著他的背影，我有想要上前擁抱他的衝動，但這衝動究竟是我的錯覺，還是真的是我的感動？現在我還沒有喜歡上他，而我真的想嘗試上喜歡這個人。

結果一整個下午我都待在宿舍，約莫四五點的時候，社團博覽會結束了，我在社團的群組中看到了他們的合照。

懿茹這時候走進宿舍，關心的問：「肚子還會痛？」

「嗯，還有一點痛，而且很無力。」我回答。

「我那個來也會這樣子，什麼事情都不想做。」懿茹將她的包包放在桌上，眼神一閃，突然衝到我身邊，「對了！我們下午的時候有招到一位很特別的新生哦！是男生，他的聲音超級超級好聽的，很有磁性、很特別，超適合走廣播路線的ＤＪ，然後——唉呦，我不知道怎麼形容啦！聽了耳朵會懷孕的那種欸！」

我看著懿茹的激動樣，不禁笑了，「有這麼誇張啊？耳朵會懷孕？」

「我真的……我真的不知道怎麼形容啦。」

「下週社團時間會見到面，不是嗎？」

「對啊！到時候妳就知道了！」

大二的生活沒有大一來的輕鬆，除了課程外，加上我承接廣播社社長的職位，幾乎快要忙翻天。但我並沒有任何的抱怨，甚至我讓自己更加的忙碌，總務處那邊的打工量又增加了一些，從原先一週四個小時增加到六個小時。

我認為，要讓自己忙碌才不會讓腦子有時間胡思亂想，人在安靜無事的時候容易想太多，我不想要讓芊宥死亡的悲痛繼續影響著我，起碼我現在是這麼認為的。

這週的社團時間我特地提早半小時到，到社團教室時裡面已經有幾位社員在聊天，我微笑的向他們打聲招呼。

「芊甯，妳太早來了吧！」一位女社員蹦蹦跳跳的走來我身邊。

「妳也還不是一樣。」我笑著說，打開電腦確認等等會用到的投影片。

反覆確認好幾次，遠遠的就聽到懿茹的高亢聲音從教室門口傳來，「芊甯，有新生來報到了哦！」

我趕緊從座位起身，裡頭的幾位社員也紛紛站起來，一位懵懵懂懂的新生怯怯地走進教室，我微笑的向他招手，「學弟好，我是社長，你叫什麼名字呢？」

這位學弟的聲音很小聲，簡單自我介紹後懿茹就帶他去座位上坐好，然後拉開隔壁的座位坐下與那位學弟聊著天。

接下來陸陸續續有幾位新生進來，據說社團博覽會那天總共招了十二名的新生，讓我們每個社員都覺得很有成就感，我因為忙碌的關係沒時間去看新生的名單，見到新生一一的走進，我開始翻找名單，打算趁這短短的幾分鐘快速看過。

「學弟，你來了！我等你很久了欸！」又傳來懿茹的聲音，她就是這麼的熱情有活力，在此同時我正好找到了那天的新生名單，幾張A４紙被草率的釘在一起，我用指甲將那釘歪釘書針給摳起。

「走！我帶你去見社長！」懿茹的聲音漸漸靠近，此刻我好不容易將釘書針拆掉，抬眸的瞬間我跌落了一雙熟悉的眼眸中，瞬間我整個傻愣住。

所有的動作都在這一秒鐘瞬間定格，我看著許久不見的白梓齊，他同樣也愣住了，脫去高中的那份青澀氣息，乍看之下他帶了一些沉穩度。

「芊甯，他就是我說的那個聲音很好聽的學弟，他叫白梓齊。」懿茹為我們介紹起。

手上那一整份名單從我手中滑落，沒了釘書針的固定，幾張白紙散落四處，猶如我的思緒一樣亂了。

「白梓齊……」久久，我聽到了自己的聲音。

白梓齊回過神的時間比我還要快，那熟悉又陌生的聲音說著：「好久不見。」

那聲輕柔的好久不見，宛如一場悲傷的雨，將我的內心深處都濺了濕。

我想過無數次與白梓齊重逢的畫面，是要開開心心的，還是要痛快的大哭一場？可實際上我比我想像中的還要冷靜，只是外表看似冷靜，實際上我的思緒好混亂。

簡單的說完投影片的內容，接著換副社長上去講，最後所有的人都來個簡單的自我介紹。

短短一個小時的時間飛逝得很快，我卻覺得這一小時中白梓齊的目光一直停留在我身上，有種全身上下都被洞悉的感覺，就連內心深處的祕密都要被挖掘出來一樣，可這真的是個錯覺，因為當我的目光看向他時，他的目光並沒有在我身上，而是全神貫注的聽著說話者的說話內容。

社團時間結束後，幾位新生依序的離開，我看到白梓齊一個人坐在座位上，低頭望著剛剛抄寫的筆記，我將收拾的速度變慢，思考著我是要上前與他說話，還是直接轉身離去？

但說話了，能說些什麼？

問他為什麼消失了兩年？然後呢？

我不禁吐了口氣。

「妳嘆什麼氣？不順嗎？我覺得妳剛剛講得很好啊！沒有怯場。」姜桓誠學長走到我身邊。

「真的？」我抬頭問。

「真的啊！對自己要有自信，我先走囉！」他輕拍了一下我的肩膀，像是給予鼓勵一樣，接著轉身離開，我看著他離開的背影，收回目光的時候卻見到白梓齊正盯著我。

我愣愣的回看著他，聯想逃離他視線的想法都沒有。

「梓齊學弟，你還不離開嗎？還是有哪裡不清楚的都可以問。」懿茹見白梓齊還不離開，上前去關心。

「什麼問題都可以問嗎？」他這樣說，我稍稍的豎起耳朵聽起他們的對話。

「可以啊！你問問。」懿茹熱情的說。

「社長——」聽到這後我微微蹙眉，愣然的望著他，他繼續說下去：「跟剛剛離開的那位學長，兩人是交往的關係嗎？」

頓時之間，有把火在我心中被點燃。

我咬著牙，讓自己做了一個深呼吸，要自己冷靜。

懿茹乾笑，臉部表情變得有點不自然，「哈哈哈，學弟這麼八卦啊？但這八卦的事情還是要問社長本人比較好。」懿茹這樣回答，目光還往我這裡看過來，我在她的這道目光中看到了求救。

「懿茹，妳可以別理他，先回離開吧。」我冷淡的說。

「啊？別理他？」

「我跟他原本就認識。」我解釋我跟白梓齊的關係，讓她不要誤會我這個社長的態度會嚇跑新生。

「原來你們認識啊！那應該有很多話要聊，我就不打擾你們了。」

懿茹揮手說再見後，快速的閃人，最後教室只剩下我跟白梓齊兩個人。

「沒事做的話趕快離開，我要鎖門了。」我下逐客令，態度一點都不客氣。

「學姊，剛剛那位學姊不是說我們應該有很多話要聊嗎？」他眨眨眼睛，嘴角處有著淺淺的微笑，這微笑就跟高中時期的他一樣，微笑中帶點狐狸般的那種狡猾感。

是啊！好像高中時期他都是這樣的笑，這笑容就像是他的面具一樣，替他遮掩了許許多多他不想讓別人知道的事情。

我腦中瞬間閃進一堆高中的片段回憶，這些回憶眾多還是開心懷念的，可卻又夾帶著許多心酸與淚水，心痛與難過……

在下一秒鐘，我強迫自己回過神，從那些回憶當中抽離出來。

「哦？是嗎？你有話要跟我說？」我的語氣很冷，這冷意瞬間讓周圍的溫度降落下來。

「難道這麼久沒見面，妳沒有話想說啊？」白梓齊的語氣帶了一點納悶。

有，我有好多好多的話想說，可是在這一刻，我通通都不想說了。

白梓齊對我來說就像是個叛徒，什麼話都不說清楚就那樣的離開，我對於叛徒真的沒什麼話好說的。

我盯著他的眼睛，面無表情的說：「我對你無話可說。」

白梓齊這才收起的笑容，一臉楞然的表情，「便當姊，妳怎麼——」

「不要叫我便當姊。」我說：「我叫吳芊甯，若不想叫我名字的話，就叫我學姊，或者是社長。」

我徹底的想與過去的他道別、想與過去的回憶斬斷，這親暱到只屬於他對我的特別稱呼我不想再聽到了，每一聲的呼喚都銳利到像刀一樣，硬生生的割著我的心臟，一次又一次的，痛得我快要受不了。

白梓齊對於我的冷淡有點不知所措，最後他點了頭，「好吧！那學姊再見。」

「再見。」

我看著他的背影，兩年不見，他看起來更瘦了，這兩年他沒有好好照顧自己嗎？明明當初答應說會好好照顧自己的，不是嗎？

我甩了甩頭，強迫自己從這些回憶中抽離，有關於白梓齊的任何事情，都已經不關我的事了。

不得不承認，有一半是因為芊宥的關係，高中時期的芊宥與白梓齊兩人經常相處在一起，兩人身高看起來差不多，一個有些吵雜古靈精怪，一個相對安靜但又會在適當的時間說出中聽的見解。

一看到他，所有關於芊宥的美好記憶再度回來，像龍捲風一樣的捲來，我受不了這種感覺，就像是明知道會痛，卻還是拚命的挖掘自己的痛楚，往自己的傷口處不斷的挖，讓自己痛到發不出任何聲音，只有強烈無比的痛苦在。

緊握著顫抖的手，我閉上眼睛要自己冷靜一些，過幾秒鐘後又睜開眼睛，確認教室上鎖後，這才往樓梯的方向走去。

遠遠的就看到那抹熟悉的白色影子，我不禁擰眉，他怎麼還沒離開？

像是聽到腳步聲，白梓齊回眸看著我，邁出腳步往我走來，「就算妳沒有話要對我說好了，但我有話說，可以嗎？」

「你有什麼事？」我再度冷冷的說。

對於他，我目前只能用冷漠將他推離，他最好離我越遠越好，不要再讓我想起芊宥。

他微微一愣，「……吳芊甯，妳變了。」

我沒有反駁，「人都會變，不是嗎？這就是你要對我說的話嗎？」

「不是，就……」

「什麼？」

「……妳不覺得……妳不覺得這麼久沒有見面，應該會很懷念的聊些過去的事情嗎？妳啊！芊宥啊！還有程介祥——」

那個名字就像開關一樣讓我徹底惱怒，我悻悻然地看著他，聲音幾乎接近怒吼，「白梓齊，兩年前是你不告而別，現在還要求這麼多，你想怎樣啊？不覺得自己很自私嗎？」

他被我的怒意嚇到，瞠眼看著我，我喘著氣，壓抑自己的情緒。

「我有道別啊……妳怎麼說我沒有道別？」

「這麼爛的道別方式我怎麼會知道你要走?!你走得倒很瀟灑，你到底有沒有把我當朋友看待？你有沒有想過我的感受？為什麼當初什麼都不說?!」

兩年前的難受情緒，現在轉為怒意，每一個字都像傷人的子彈一樣不停的向他掃射且咄咄逼人。

「我有啊……而且我不只把妳當朋友，我還——」

「好了別說了！我不想對你生氣，白梓齊，就如你所說的，我們很久沒見面了，所以就先這樣子好嗎？我不想再多說了……」我扶額。

「……好。」他說，沉重的吐了口氣，最後說：「對不起，下次……有機會再好好聊。」

他向我道歉，見他一臉受傷的神情，我不禁覺得有點內疚，可腦中卻又有個聲音告訴我那是他活該，他本來就該被我兇被我罵。

轉身快步離開，我不能再待了，現在腦子被覆雜情緒給裝滿，混亂的思緒壓迫著我的肺部讓我無法好好呼吸。

夏天夜晚的風是涼爽的，可卻吹得讓我煩躁不已，宛若那吹亂成結的髮，怎麼解也解不開。

「芊甯，妳怎麼認識白梓齊的？」回到宿舍，不避免的會被懿茹問起白梓齊的事。

「高中學弟，也是鄰居。」我快速帶過我跟白梓齊之間的關係，是啊！我們的關係就是如此的簡單，一點都不特別，幾個字語就可以快速的帶過，可當我說出了這幾個字後，我卻覺得心頭上一場空，有一股什麼都沒抓住的空虛感在。

也意識到我跟他之間真的只是這樣的關係而已……

「你們之間是不是有發生過什麼事情啊？我有猜錯嗎？」眼尖的懿茹直接這樣猜測。

我聽了搖搖頭，「沒有，我跟他之間什麼都沒有發生，他是我弟弟的同學，我只是……只是看到他想到了我弟弟而已。」說到這裡，我開始有點難過了。

腦中揮之不去的身影帶來濃厚的悲傷感，芊宥的離開我究竟要什麼時候才能真正走出來？

懿茹聽了斂起笑容，走到我身邊拍拍我的肩膀給予安慰，「我明白觸景傷情，但不是所有跟妳弟弟有關的人妳都必需要遠離啊！妳想想，這樣他多無辜？」

「他……」白梓齊無辜嗎？我頓時之間說不出話來。

「白梓齊會問妳跟學長之間的關係，是不是表示他喜歡妳啊？」

我抿著唇，沒有否認也沒有承認，這樣的反應反倒讓懿茹睜大眼睛，「如果真是這樣，那學弟跟學長妳要選誰啊？」

「懿茹，妳別鬧了……」我滿是無奈。

對我來說，白梓齊的事情已經過去，高中時期所悄悄萌芽的情愫，那段來不及結成果實的初戀，在不知不覺中隨著時光散落在風中，它曾經存在過，只是現在想抓也抓不到，想觸碰也觸碰不到了……

每次的社團時間，白梓齊都會提前半小時來，很快的，才幾週的時間他就與其他社員熟成一片。

只要當他出現我都會站在講桌附近默默用著電腦，表面上看起來我很忙碌，但實際上，我只是在裝忙，因為我不知道怎麼融入有白梓齊在的社交圈裡面。

如果白梓齊不在，我反而能自然的與其他社員交談聊天，可只要白梓齊一出現，我便像隻鴕鳥一樣，默默的躲回角落假裝忙碌，好險我的身分是社長，大家都覺得我是在忙。

「芊甯，妳還在忙嗎？」姜桓誠學長走到我旁邊。

我搖搖頭，「沒有啦……檢查一下等等講師會用到的檔案可不可以運作……」

「但，妳剛剛不是做好確認了嗎？」

我抬起頭一臉尷尬笑，正要回答的時候他卻輕笑了一聲，「關於妳的事我都看在眼裡啊。」

我的笑容瞬間僵硬，「學長，妳什麼時候這麼會撩妹了？」

「那妳有被我撩到嗎？」他刻意眨了眨眼，我失笑。

「別鬧了……」我將自己的視線拉回電腦螢幕上，將剛剛不知道已經開過幾次的檔案再度打開。

「芊甯，這檔案妳已經開了四次了，不需要再檢查了。」

「但是……」

「來陪我聊天啊。」他說，柔聲的語氣像羽毛一樣，我不禁點頭。

我想起了我還欠學長一個答案，暑假那段期間因為他的天天關心與慰問，我的心微微悸動，有好幾個瞬間都很想答應他，可現在呢？我的答案還會是肯定的嗎？

白梓齊的聲音突然在我們之間響起，就那麼不偏不移的時刻，他沒有打斷我，也沒有打斷姜桓誠學長，就是那麼剛剛好的，在我跟學長談話的間隙中很自然的插話進來。

「學長、學姊，等等上課的這位講師，我曾經上網查過他的相關資料，在廣播界算是有名的一位ＤＪ，你們怎麼能夠請到他啊？可以告訴我嗎？」

白梓齊的笑容就跟以往一樣，是那種燦爛陽光般的笑容。

可這笑容卻刺了我的眼，我的目光不自覺的移開，看向姜桓誠學長，姜桓誠學長以為我在向他求救，便直接開始解釋，「學弟，這位講師是我們的畢業校友，每一年都會回來講課的。」

「原來是這樣啊！可是我當初在查資料的時候……」

我從座位上起身，「你們聊，我去一下洗手間。」

彷彿不管怎麼做，我就是無法自然的面對白梓齊。

從洗手間出來，白梓齊人站在女廁不遠的地方，我微微一愣，以為他也是來上廁所的，在與他擦肩而過的時候他輕輕的拉住我的手臂。

「便當姊……不對，學姊，妳等等社團結束後有時間嗎？」

「要……做什麼？」我的聲音不自覺的沙啞，明明聲音可以很自然發出來的，為什麼此刻卻好像有隻無形的手掐著我的喉嚨不讓我把聲音發出來一樣？

我咳了幾聲，又說一次：「什麼事？」

「想聊聊。」他這樣回答我。

此刻我腦中想遍了各種可以拒絕他的話語，等等有事處理、等等需要去哪裡、等等有人找我，可是這些想法快速的呼嘯而過，我最後卻不自覺的點了頭。

白梓齊的嘴角翹起，放開我的手後往廁所的方向走去。

我的手摸向自己的太陽穴，我剛剛……我剛剛怎麼會點頭？我明明不想要與他有任何交集的啊！

這一次的社團課程我整個忐忑不安，胡思亂想著，不知道白梓齊要跟我聊些什麼，如果他問起芊宥……如果……

想到芊宥，我的神情開始黯淡，當回過神的時候，台上的講師已經講完了課程。

我的肩膀被人點了點，提醒身為社長的我要上台對社員講一下話，我愣了愣，茫然的看著小佑學長，他微微蹙眉，接著代替我站起身，站在講桌上發給每個社員一張白紙，要大家寫上今天演講課程的心得，以及一些與課程相關性的題目。

「芊甯，妳剛恍神哦？」小佑學長望著我。

「我……」我正要開口解釋，旁邊的姜桓誠學長倒是替我解釋了，「她有點緊張，下次不會再這樣了。」

我點點頭，說聲抱歉。

課程結束，姜桓誠學長轉頭問我：「妳等等有要幹麼嗎？」

「我……」還沒有回答，姜桓誠學長繼續說下去：「樂音社那邊找我過去練習，妳要來看我彈吉他嗎？」

姜桓誠學長參加了很多個社團，不只是廣播社，就連在樂音社中他也是個重要的角色，我曾經在學校的大草原上看過他們樂音社的成果發表會，姜桓誠學長一出場，現場女生的尖叫聲起此彼落，我的耳膜差點震碎。

確實，他彈吉他的姿勢很帥氣，連我當下都不禁看得入迷。

「學姊，我在門口等妳。」白梓齊的話飄來，隨後我轉頭看到他的背影往教室門口走去。

「妳跟學弟有約啊？」姜桓誠學長問，我點點頭。

「嗯……」

他的表情有點納悶，好像想問我什麼似的，可最後他對我笑著，「既然你們已經先約好了，那就沒辦法了。」即使嘴上這麼說，但聲音聽起來有點失落。

「學長……」不知道為什麼，我開口想要解釋我跟白梓齊的關係，而當我正要開口的時候換成懿茹打斷了我們。

「上次的作業收齊了。」她眨眨她的大眼睛，「抱歉，我是不是打斷你們說話了？」

「沒有，我跟芊甯說完話了。」姜桓誠學長柔聲的說，向我點了一下頭，給了個微笑後轉身離開教室。

「我真的沒有打斷你們嗎？」懿茹說。

「沒有……」我將她給我的那疊資料收進抽屜裡面。

「沒有就好，妳跟姜桓誠學長之間……我還真有點擔心欸……」

「擔心什麼？」我問。

「擔心你們……到底什麼時候才會有下一步的動作啊！哈哈哈……」懿茹的話讓我瞪了她一眼。

「教室收拾好記得鎖門，我有事先走了。」我嘆口氣。

懿茹蹙眉，「妳等等不去樂音社嗎？」

我搖頭，「沒有，我等等有事。」

「等等有什麼事啊？準女友不去的話他多失望啊？」

「我已經答應人家了。」我說。

「就先推託掉啊……有什麼事情比學長重要？」

我愣住，我個人一直秉持著先來後到的原則，如果我真的因為學長的事情而推託掉，那多見色忘友啊？可我會這麼的想，又是不是因為姜桓誠學長在我心中還沒有到很重要的地步？因為如果不是這樣子的話，我又為什麼遲遲不給他一個肯定的答案？

雜亂的思緒短短一瞬間沖進我的腦子，我緊緊蹙眉，不想再對懿茹解釋什麼，朝她揮手，我便往教室門口走去。

而一直站在教室門外等待的白梓齊，像是聽到了腳步聲一樣，回頭與我對上了眼。

第十章

我跟白梓齊約在學校附近的咖啡廳，入座後兩人各點了一杯咖啡。

「我想起高中在妳家讀書時，我們都會坐在餐桌那，吃著妳媽媽準備的水果，一起研究難解的題目。」白梓齊說，我聽了抿著唇，沒有說話。

這些回憶片段固然是難忘的，在我心中某個角落一直存在著，是青春，卻也是傷痛。

「便當姊，呃……學姊，唉……我真的叫習慣了。」他望著我：「真的不能叫妳便當姊啊？」

「兩年前我們相處才短短不到一年的時間，你就養成了這習慣，怎麼在這兩年沒有我的時間內，改不了這習慣？」我說：「而且……我記得我告訴過你了，我不喜歡這綽號。」

一直都非常的不喜歡，可那時候我卻漸漸的再也沒有糾正他，但這聲便當姊，應該只停留在兩年前的那時候，不應該橫跨時空帶來兩年後的這裡，明明是很簡單的一聲，卻包含著好多逝去的回憶。

這些回憶，早就過去了。

我的冷靜與故意裝出來的疏離感讓白梓齊有點不知所措，「好，我繼續叫妳學姊，可以吧？」

我淡淡的應了聲，兩杯咖啡送至我們面前。

「學姊，如果妳對於兩年前的事非常難以釋懷，我很抱歉，妳說的沒錯，我是打算瀟灑的離開，班上每個人我都好好的道別過，就連芊宥也是，可是對於妳……我真的很難以啟齒，我怕面對妳我會哭出來，我會不知道該怎麼辦，我……」

從剛剛到現在我一直是面無表情的，彷彿我只是個事不關己的旁觀者，沒有錯，我強迫自己不要在情緒上面拉扯，而我唯一能做的事情就是把自己從這些回憶中抽離出來當個旁觀者，我甚至覺得自己做的很好。

「所以我用那樣的方式對妳道別，但想了下，如果我是妳，我也會很生氣的，就如妳所說的，這種道別方式實在有夠爛，可是我真的很怕自己面對妳會哭出來。」

我動了動手指，動作從容不迫地將咖啡杯湊近嘴邊。

「白梓齊，你是男生，有什麼好哭的？」我冷冷地說。

他抿了唇，我看到他做了一個深呼吸，「吳芊甯，妳跟姜桓誠學長在交往嗎？」

我擰眉，百思不解地看著他，不明白他為什麼要將話題扯到這上面來，更不明白他怎麼又改口叫我的名字了？

「你問這做什麼？」我納悶。

「不能告訴我嗎？」

我傻愣，他卻接著繼續說：「吳芊甯，妳還記得兩年前在海邊的那時候嗎？」

我的腦子因為他的話而無意識的想起那時候的海邊，有他，有我，還有芊宥在……

想到芊宥，我的心隱隱作痛，不自覺地咬著牙。

「海邊怎麼了？」我的手指微微顫抖著，抬手放置在咖啡杯邊緣，我點的是熱咖啡，整個咖啡杯因而熱燙，但我必需要用這種方式才能讓我的手指不再顫抖。

「妳以為我跟妳一樣冒失，連站都不會站穩才會不小心親到妳的嗎？」他說：「我是藉此故意要親妳的。」

他的這句話讓我想到當時伴著海砂的那個吻，是突然其來的用力以及溫熱，熱燙的雙唇離開臉頰後卻好像不只在臉頰上頭烙上了印子，就連我的心也因為他而深深的烙上了這喜歡的情緒。

那樣子的熱燙，就像眼前這杯熱咖啡一樣，燙得讓我的胸口發疼。

我的雙唇微微顫抖，一臉錯愕的看著白梓齊，而他則繼續說著：「吳芊甯，兩年前我喜歡妳，所以我不知道怎麼跟妳道別，這樣的感覺妳能懂嗎？」

「便當姊，我喜歡妳。」

腦中想起了那夾雜著消毒水味道的柔聲細語，我試圖讓自己冷靜，擱在咖啡杯上的手越握越緊。明明手指已經開始疼了，可我卻堅持不放開。

見我遲遲不說話，白梓齊有點慌張了，「所以妳能回答我嗎？妳跟姜桓誠學長兩個人在交往嗎？」

「是，或不是，不管答案是什麼對你來說有差嗎？」我冷淡的說。

「有差，怎麼會沒有差？」白梓齊的聲音開始帶了點激動進去，他喘了氣，繼續說：「我也試著說服我自己別再想妳，可重新見了面，我就是想妳了，我就是還喜歡妳啊。」

這聲告白頓時間形成一股無形的蠻力將我臉上的面具硬生生的扯開，讓我無法繼續強迫自己冷靜下去，可扯開面具後的我不只是脆弱，更不只是感情外露，卻也是非常的生氣。

火燙的觸感終究讓我抽回自己的手，這大動作讓桌上的咖啡打翻了一點，咖啡順著濺了出來，形成一朵一朵如花的咖啡漬。

目光不自覺的看向手指上的水泡，還沒能看清手卻被白梓齊握住，他緊抓著我的手腕盯著上頭的傷勢，「會痛嗎？妳這樣要擦藥——」

我用力抽回自己的手，卻扯到手指上的傷口，「不要碰我。」

然而，對上眼的卻是他錯愕以及帶點憂傷的神情，我刻意讓自己的臉蓋上一層霜，冷若冰霜，連吐出來的語氣都將近低溫，「白梓齊，我的回答對你來說一點都不重要吧？如果真的重要，你兩年前為什麼不等待我的答案？為什麼什麼都不告訴我就這樣離開？你跟我好好的道別，我就算想留住你也會尊重你的選擇，我當時有好多話想要對你說，可是你卻不給我這個機會，而你現在來跟我討答案，你又要我怎麼好好跟你說話？」

「……我剛說了，當時面對妳我怕我會哭出來。」

「那我們之間真的什麼都不用說了！」我整個無法冷靜。

「芊甯……」白梓齊的眼角落下了一滴淚水，「對不起。」

然而，這滴淚水卻足以澆熄我心中的憤怒，我憂傷地看著他，心又開始微微抽痛，「我跟學長會在一起的，你我之間的感情對我來說已經過去了，但……我還是謝謝你喜歡過我。」

他抹去淚水，「……好，我尊重妳。」他雙唇顫抖著，少許的淚水讓他紅了眼眶，這是我第二次看到如此脆弱的白梓齊，模樣令人心疼到想要好好的疼惜他。

經過許久的沉默，他跟我的情緒都穩定了。

「妳變了好多，以前的妳很可愛，雖然冒冒失失的，卻有一顆溫柔的心，但現在妳的心卻變成了好像是由這世界上最堅固的東西做成，任憑我怎麼做，妳的心就是這麼固執、這麼冷酷。」

我沒有說話，垂下的眼冷冷地注視著桌上。

如果我不冷漠，我怕所有的一切會功虧一簣，那拚命忍受住的情緒會一發不可收拾……

「別談我們了，芊宥呢？芊宥他讀哪間大學了？我想找他敘舊。」白梓齊沙啞地說。

我的心又因為他的話而用力顫動，全身的血液好像瞬間被抽乾一樣，咬著下唇，我最後緩緩開口：「芊宥他去旅行了。」

「旅行？他沒有讀大學嗎？」

「沒有，因為他……他喜歡旅行，所以我爸媽就決定讓他到處旅行。」

白梓齊蹙眉，「那妳有他的聯絡方式嗎？我自己來跟他聯絡。」

我搖頭，「對不起，因為……我也不知道怎麼能聯絡上他……」忍住悲傷，我從座位起身，走到自助區那邊為自己倒了一杯水。

鼻子有些的酸，我咬著下唇，甚至咬到嘴裡都有了血味我還是緊咬著不放。

如果放了，我會想哭，我會崩潰。

「白梓齊，我們……」我看著他，「我們除了社團的時間外，就別再見面了，好嗎？」

「妳是擔心我從學長身邊把妳搶走嗎？」

「不是……」他的這句話讓我聽不出是正經還是在玩笑，「是我自己的問題，我……」我不知道見面要用什麼表情來面對他，與其這樣，不如就不要見面的好。

「如果說不出個可以說服我的理由，那恕我拒絕。」他一口氣將已放冷的咖啡仰飲至盡，最後抽起帳單走到櫃檯處結帳。

然而，我問了自己，真的不要見面會比較好嗎？

我真的不知道自己該怎麼做對彼此才是好的……

「芊宥，我在大學見到白梓齊了。」

我在椅子上縮著身子望著芊宥的照片，芊宥的笑容就這樣被鎖在這時間與空間都停滯的相框中。

芊宥離開後，房間的所有擺設都沒有人動過，他所看的書籍、所打的電動都好好的存放在櫃子中，桌上擱放著有他照片的相框，而我坐在他的書桌前懷念。

「白梓齊問起你的事，我跟他說你去旅行了，你應該也不想讓他知道你已經走了對不對？所以姊姊替你說了謊，我說你去旅行了……」

我為自己已發麻的身體換了一個動作。

「白梓齊說當初他有好好的跟你道別，還好他有好好的跟你道別，但……他怎麼就不找我好好的道別？」我閉上眼睛，任憑眼中的淚水滑落至頰面，「芊宥，我只要看到白梓齊就會想到你，所以我不要再見他了，這樣你說好不好？」

「……記得你曾經問我有沒有喜歡的人，我在社團遇到一位學長，之前有跟你說過，但我不知道你還有沒有印象，他叫姜桓誠，是我系上的學長，他很帥，很溫柔，對我很好，我……我可以跟他在一起嗎？」

我在芊宥的房間喃喃自語著，最後不自覺的趴睡在他的書桌上，當我醒來後發現一件外套蓋在我身上，我起身，頂著一雙腫脹的眼，走出芊宥的房間。

星期一一早趕回學校，我匆匆忙忙往教室跑去，還好在打鐘前就抵達教室裡。

手機響了一聲，是姜桓誠學長，他問我到學校了沒有，我丟了一個貼圖，往下滑，白梓齊也問我到學校沒有，而我已讀不回。

當時社團時間社員們就互相留了通訊軟體以便聯絡，白梓齊給了一個全新的帳號名稱，大頭貼是他的側臉照。

收回目光後，我將手機收起，開始認真的專注在課堂上。

課程結束，姜桓誠學長人竟然出現在教室外面，他向我招了招手，示意我他在教室外面等我。

我周圍幾位同學紛紛起鬨，連懿茹一臉八卦似的表情，還輕推了推我的肩膀，「不錯嘛！」

「什麼跟什麼啊……？」我哭笑不得，收拾好包包後往教室門口走出去，姜桓誠學長給了我一個微笑。

「學長，你怎麼——？」

「等等應該沒有約了吧？」他問我，我搖頭，但依舊納悶地盯著他。

「我等等要去樂音社，妳要來看我練習嗎？呃，不對，妳中餐應該還沒吃對不對？那我先帶妳去吃午餐好了，抱歉抱歉，我忽略了重要的午餐。」

見姜桓誠學長這樣，我不禁笑了，「沒想到學長也會有冒失的時候。」

「學妹恕罪啊……」他朝我眨了一下眼睛，「妳會原諒我吧？」

「小事而已，談不上什麼原不原諒。」

「那跟我走，我帶妳去吃校門口附近的早餐店。」他轉身，我則是跟在他後面。

「學長，以後有事情傳訊息，不用特地來教室找我。」

姜桓誠學長轉過頭燦笑著，「我想早點見到妳啊！」

……又來！

姜桓誠學長的撩妹話語真的讓我更加哭笑不得，我們兩人併肩走著，當走出校門口要過斑馬線時，他伸出了左手擋在我面前，目光望著前方的來車，嘴角有著淺淺的笑容。

姜桓誠學長的臉上總是有著笑容在，笑起來舒舒服服的，又溫暖的恰到好處。

我看著擋在我面前的那左手，抿著唇，思考了幾秒鐘，最後將右手手掌輕貼在他左手的掌心上，我害羞低頭著不敢抬起頭看他，同時也感受到他的手明顯的僵硬。

綠燈，身邊的人開始往前走，大約過了兩秒鐘後，姜桓誠學長微微施予了力道，像是要確認此刻是不是真實一樣，見此，我也稍加了力道，對上他錯愕的目光。

「我答應你。」我說：「這是我的答案。」

他的眼睛瞠大，不敢置信，「……真的？」

「真的。」我點頭。

過馬路的途中有好幾次我與他不經意的對上眼，兩人都覺得很不好意思，他甚至伸出另外一隻手來遮掩著自己忍不住上揚的笑容。

見到他掩不住的欣喜，我也不禁微笑。

這就是我想要的感情，溫暖的，幸福的，胸口像是注入了溫暖的陽光一樣。

此時的心情就像是踩踏在棉花一樣，軟綿綿的找不到重心，任由姜桓誠學長牽著我，引著我去他想要去的地方。

因為我相信他引領我的地方會是個沒有悲傷且很幸福的地方。

社團時間，當我與姜桓誠學長一起出現在社團的時候，下一秒教室裡面的人起鬨尖叫，全部的目光都緊盯著我們那緊牽在一起的手。

「就說嘛！遲早會在一起的啊！」

「到底是誰在拖拖拉拉的啦？」

「未來結婚一定要請我當伴郎啊！」

他們你一言我一語的吵雜著，害得我臉紅燙燙的，我的目光只敢看著地上，連抬起頭來的勇氣都沒有。

「好，別吵了。」姜桓誠學長說，將我牽到講台旁那我經常坐的座位，眾人依舊吵個不停。

我緩緩抬起頭望向他們，原本以為會見到白梓齊的我並沒有看到他人，而當心中鬆一口氣的時候，我又納悶著我怎麼會有這樣的心態。

這是我的選擇，我不會後悔的。

我這樣告訴自己。

結果白梓齊直到社團結束都沒有出現，他也沒有請假，沒有人知道他缺席的原因，不免讓我有點擔心他。

但又想想，都已經成年了，已不像高中那樣的年紀，沒必要這麼擔心，況且，不是告訴自己不要與他見面會比較好嗎？

這樣，會比較好的……

晚上約莫快八點，我接到白梓齊的電話，當時的我與姜桓誠學長正在用餐，當看到手機螢幕上顯示出白梓齊的照片時，我愣住，不知道要不要接起。

「是學弟，妳怎麼不接啊？」姜桓誠學長說。

「我……」他不知道我跟白梓齊之前就認識，單單的以為白梓齊是因為社團的事情而跟我聯絡。

我最後按了接通，傳來的卻不是白梓齊的聲音，一個成熟的男人聲音說白梓齊在酒店裡面醉倒，需要有人去接他走。

我與姜桓誠學長面面相覷，不明白為什麼白梓齊人會在酒店，趕緊將晚餐用盡，最後搭計程車前往電話中所指定的位置。

酒店中，白梓齊一個人昏睡在吧檯前，他的前方放了很多酒瓶。

「學弟是失戀嗎？喝這麼多酒……」姜桓誠學長納悶。

而後，姜桓誠學長扶著他走出酒店，好不容易將白梓齊人塞進計程車中，卻又開始煩惱著要把他送到哪裡，據他同學說白梓齊沒有住學校宿舍，是一個人在外面租屋，可並沒有人知道他在哪裡租屋。

最後姜桓誠學長提議將白梓齊帶到他家去，我點了點頭，卻又猶豫著。

如果白梓齊酒後說出一些不該說的事情怎麼辦？如果害學長誤會的話怎麼辦？可是……

我腦中亂如麻，還沒想到更好的辦法時，計程車已經抵達姜桓誠學長的租屋處，他與幾位班上同學一同住在家庭式的租屋處，協助學長將白梓齊帶上去並安頓好後，他才陪我走到宿舍。

在他送我回宿舍的這段路，我有好幾次都想開口跟姜桓誠學長說我與白梓齊之間的微妙關係，我不想要讓姜桓誠學長誤會，更是不想讓他想太多，可是想起上次與白梓齊見面時他那脆弱的淚珠時，我卻又什麼話都說不出口了。

「芊甯，妳有心事？」柔聲的話語讓我回過神，我才驚覺自己已經走到了宿舍。

「沒……學長，那白梓齊就麻煩你照顧了……」

「小事，一點都不麻煩。」他伸手摸向我的髮，給了我一個溫和的微笑。

見到他的笑容，我的心終於不再緊繃了，稍微的放了鬆，姜桓誠學長的手順著我的髮往下，輕輕的握起我的手。

他靠近我，我聞到了他身上屬於他的清香味道，「明天有要去哪裡嗎？」

「……都可以。」

「那海邊，好不好？」

一聽到海邊這個詞，我微微瞪大眼睛，這些微的表情變化被姜桓誠學長看盡眼底，他又改了口，「我們去賞花好了！向日葵的花季還沒結束，一起去看向日葵，好嗎？」

「好。」我說，也對他泛起笑容。

我要好好珍惜眼前這個人，我不應該再留戀於過去了。

姜桓誠學長將手輕輕的放在我的臉頰，屬於他的氣息撫上我的臉頰，輕輕柔柔的很像雲朵一樣，他傾身吻上我的唇，當意識到唇上那柔軟的時候，我瞠大眼睛著急的想要推開他，然而他卻彷彿早就預料一樣，早我一步離開我的唇。

連我自己也愣住了，因為我那無意識想推開他的行為。

姜桓誠學長的表情有點受傷。

「對不起，我……」我不知道該怎麼解釋自己的行為，只能道歉，「對不起。」

「妳不用道歉，是我的錯，我太心急了，太喜歡妳了……」他的手輕撫著我的髮，將我抱在他的懷中。

我貼在他的胸膛，感受到他那有點顫抖的聲音，「前幾天好不容易等到妳的答案，到現在還以為是我自己在作夢。」說完，他加緊擁抱我的力道。

我是喜歡他的。

我伸手環抱著他的腰，給予他的擁抱回應，也因為這個動作，我感受到他那原本僵硬的身子放軟了。

「明天早上我沒課，要不要早上的時間去賞花？」我說。

「好啊！約早上九點可以嗎？」他的聲音傳來，已不再顫抖。

「好，明天見。」

「嗯，明天見。」

我是真的想要好好的喜歡這個人。

隔天早上九點，姜桓誠學長準時出現在宿舍樓下，見到我他朝我伸出手，我將手放置在他的掌心上面，十指緊扣。

「白梓齊他還好嗎？」我問。

「他昨晚睡我房間，剛剛出門的時候他還在睡，但我已經有交代室友了，妳別擔心。」

「我沒有在擔心啦……」我說。

「芊甯，不知道是不是我的錯覺，我總感覺妳跟白梓齊好像認識很久了，是嗎？」

我微微一愣，卻沒有直接回答他這問題，目光不自覺地躲避著，「你……怎麼會這樣想啊？」

可我為什麼要有這些反應？明明我跟白梓齊兩個人之間又沒有怎樣，我可以斬釘截鐵的告訴他我們確實是認識，但就只是學姊學弟的關係，以後也會是的。

「直覺囉，加上你們之前不是有相約一起出去嗎？」

我咬著下唇，最後點頭承認，「嗯……我跟他確實以前就認識了。」

我告訴他以前高中發生的事情，告訴他白梓齊是芊宥的同班同學，所有的所有，卻沒有告訴他白梓齊是我曾經喜歡過的人。

這些的過去情感已經沒有必要提起，我決定將它通通都埋葬於內心深處，不要讓它有見光的一日。

因為現在的我想珍惜的人是眼前的他，而不是過去的白梓齊。

我跟姜桓誠學長兩人度過了一個很快樂的早上，花海中一大片的金黃色向日葵綻放著，耀眼的讓我睜不開眼睛，我們在花海中拍了好多張照片，留下了好多珍貴的回憶。

用完午餐回到學校，趕上下午第一節課。

懿茹見我坐在她旁邊的位置後，身子飄了過來，竊笑的說：「約會好玩嗎？」

「好玩啊！」

「那有沒有……什麼進展啊？」

懿茹的話讓我想起昨晚的我拒絕了姜桓誠學長的吻，這件事情不知道會不會在學長心中留下傷害？剛剛道別的時候他只是輕輕的拍了我的頭，說完再見就轉身離開，也沒有要吻我的打算。

「幹麼不回答我啊？」懿茹的聲音將我從思緒中拉回。

我瞪了她一眼，「沒有的事，妳無聊！」

只是如果姜桓誠學長又要吻我，我會不會再度又無意識的將他給推開？

我也真是奇怪，明明已經決定好要喜歡他了，卻又不讓他吻我，換做我是他，我也會難過的吧……

這堂課結束，我與懿茹一同離開教室，遠遠的看到白梓齊手倚靠在牆垣上發著愣，他的精神似乎不怎麼好，周圍滿是憂鬱的氣息。

我沒有想要與他打招呼的打算，可懿茹卻上前拍了他的背，「學弟，耍憂鬱啊？」

下一秒，白梓齊的目光停留在我身上，明明只有一秒鐘的時間，卻讓我不禁秉住了呼吸。

「學姊，你們上完課囉？」他輕笑了一聲。

「是啊！現在要回宿舍，你呢？在這裡是因為有課嗎？」

「我沒課，只是宿醉想出來走走，就走到這裡來了。」

「宿醉？」這個詞倒是引起懿茹的好奇心，「想不到你會喝酒，不如改天一起喝。」

「好啊！」他的嘴角勾起。

這慘白卻有些燦爛的笑容不禁又讓我秉住了呼吸，甚至心跳加快，我正納悶著自己為什麼會有這反應的同時，懿茹朝白梓齊揮手道別，接著走到我身邊。

我與白梓齊對上了眼，明明我們之間才隔著三、四公尺左右的距離而已，卻覺得此刻我們之間的距離遠到不行。

他朝我輕輕的點了頭，最後轉過身，往另外一個方向遠去。

看著他那漸去漸遠的背影，我壓抑著想上前叫住他的衝動，轉身對著懿茹微笑的說：「我們走吧。」

「嗯，妳跟白梓齊……」懿茹發現我們之間的不對勁，「芊甯，妳還是因為弟弟的關係而對他冷漠啊？」

「我……」

懿茹望著我，「那如果是我呢？如果我是妳弟弟的高中同學，而且跟他的關係還不錯，妳也會對我這樣冷淡嗎？」

我趕緊說：「不是，我怎麼可能會……」

「那就對了啊！」她打斷我，「既然這樣，那為什麼妳會對白梓齊冷淡呢？」

「我……」

懿茹不懂，沒有人可以懂。

可連我自己都搞不清楚了，我對白梓齊的迴避與冷漠，僅僅是因為高中時期他與芊宥要好，一看見他我便會想起那所有有關於芊宥的美好記憶，還是因為他是我曾經喜歡過的人，而我的退縮是因為害怕那曾經有的喜歡再度覺醒？

一想到後者的可能，我不禁慘白著臉。

我在想什麼，我不應該有這種想法的。

「芊甯。」懿茹的聲音將我抓回現實，我愣愣地看著她，她的手卻撫上了我的臉頰，「妳怎麼哭了？」

我這才驚覺自己的眼眶中早就積滿了淚水，淚水滑落，滴落在地上。

「懿茹，我只想好好的跟學長在一起。」我告訴她，同時也是告訴我自己。

懿茹聽了微微蹙眉，她臉上滿是納悶與不解，不懂我為什麼難過，不懂我為什麼掉淚。

「妳跟白梓齊之間……過去果真有什麼事情吧？」她問。

「但那些都過去了，我現在想好好的跟學長在一起。」

懿茹看著我，經過幾秒鐘後嘆了口氣，「假如這是妳想清楚後做的決定，我不會再過問那些過去，但是……連普通的友情也無法給予嗎？這樣白梓齊真的挺可憐的。」

「我可能需要再一些時間吧……」

但需要多長多久呢？我真的無法計算出這個答案。

兩週後的社團課程，白梓齊在結束的時候遞給了我一張單子，望著上面寫著社團退出申請單，我愣了愣。

「你要退社？」我錯愕的看著他。

「對，我要退社。」他說。

「我可以問為什麼嗎？是社團哪裡不好需要改進？還是請來的講師講的課程對你來說很無趣？」

「不。」他搖搖頭，「大家人也很好，請來的講師也讓我學到很多，是我自己私人的問題。」

他臉上的微笑笑得很無力，好像有什麼沉重的東西正在壓垮他的笑容。

「白梓齊。」我喚他的名字，「你當初為什麼會加入廣播社？」

他望著我，眨了眨那清澈的眼睛，「學姊，妳真的想知道？」

「對……能告訴我嗎？」我看著他。

「在高中的時候，有個學姊說我的聲音很特別，建議我走配音員或是廣播人員，雖然當時她只是隨口說說，可我卻記在腦中，遲遲忘不掉，社團博覽會看到廣播社的攤位，沒想太多就加入了。」

我呆愣住，不自覺地咬著下唇。

『你的聲音很特別，很柔又很有磁性，未來要不要當配音員或是走廣播路線？』

我沒有想到他將這句話放在心裡面，而且一放，就是兩年的時光。

「學弟，那之後這段空閒時間有打算做什麼規劃嗎？」從剛剛就在我身邊的姜桓誠學長問。

「學長你這樣問我，我還真的不知道。」白梓齊的表情像是在思考，「可能之後交個女友，然後陪伴她吧。」

這一瞬間，我的耳朵嗡嗡作響，看著白梓齊與姜桓誠學長兩人張口閉口的雙唇，我卻連一個字都沒有聽到，我揉了揉耳朵，卻除不去這樣的不舒服。

「妳怎麼了？」姜桓誠學長發現我的異狀，一臉擔憂的看著我。

「沒事。」我對他扯著笑容，「只是有點耳鳴。」

「真的沒事？」

「對，我沒事。」

白梓齊在旁看著我們，臉上的笑容不知道什麼時候消失，他的目光黯淡無光，乍看之下沒有在對焦，臉卻是望著我的方向。

「也許，真的像妳所說的，這樣對妳對我都是一個好的結果。」他這樣對我說，當下我的心臟莫名一揪，錯亂了我的呼吸也錯亂了我的思緒。

「什麼？」姜桓誠學長表情疑惑。

「學長，我跟學姊高中就認識了啦。」白梓齊說：「不過你別誤會，是我當方面喜歡她，她對我沒有任何感覺的，她喜歡的人是你。」

我差點因為岔氣而無法呼吸，眼睛瞪著他，姜桓誠學長愣了愣，看看我，又看看他。

「所以，我就如妳所願，如果妳真的不想再見到我，我以後不會出現在妳面前了。」說完，他對我笑了，是悲傷的笑容。

「芊甯？你們……」姜桓誠學長擰著眉，滿臉不解。

「就這樣子，不說再見了。」白梓齊說完轉身離開，而我不自覺的從座位上站起來。

「芊甯？」我感受到姜桓誠學長輕拉住我的手。

「學長，抱歉，我回頭再跟你解釋。」匆忙地丟下這句話，我趕緊加快腳步往教室門口奔出去。

白梓齊的腳步很快，我幾乎是用跑的才追得上他。

「白梓齊！」我喘著氣，伸手抓住他的衣服，他轉過身，目光冷清的看著我。

他的冷淡讓我愣住了，我吐了口氣，卻又不知道自己為什麼要追上他，追上他幾乎是我無意識中的行為。

「芊甯，我們別再見面了，見了面就裝作不認識，也不要打招呼，就當彼此是陌生人。」

「為什麼你突然——？」

「這不就是妳想要的嗎？我可以成全妳。」他望著我，透露出一絲絲的悲傷，「我也以為自己能夠繼續當妳是普通朋友，就跟高中時期一樣，壓抑著自己對妳的喜歡，可是見妳跟學長兩人越走越近，甚至一起交往了，我再也受不了了。」

他的話讓我的淚水不自覺的流下，我不知道我為什麼哭泣，但我覺得自己好難過好難過，痛得我連呼吸都會痛。

「我不知道妳為什麼要哭……」他開始往後退，透露著濃厚的哀傷，「芊甯，我們不要再見面了。」說完，他轉過身。

而我在他走了幾步後上前用力抓住他的手。

我不想讓他離開我，這是我此刻腦中的想法，我不想讓白梓齊離開我身邊。

「白梓齊，你聽我說——」可是他用力甩開我的手，更甩出了我一堆眼淚。

我緊抓著他的衣服不讓他走，哽咽地對他嘶吼著：「我會對你冷淡是因為芊宥的關係！」

他身子僵硬，轉過頭不解的看著我。

「因為芊宥死了！」我放開他的衣服，蹲在地上摀著臉徹底崩潰大哭，「他死了……」

淚水與苦楚混雜的難過情緒直奔入我的胸口，逼得我難受到不行。

我曾經告訴白梓齊，芊宥去旅行了，這樣的謊言我也拚命的說服自己去相信芊宥他旅行的地方叫天堂，那裡什麼都有，他無憂無慮天天開心自在的過著。

然而，他的生命永遠停留在他的十八歲。

我們會老去，而他會永遠年輕，永遠是高中畢業還沒上大學的身分。

當我說完芊宥的事並冷靜下來的時候，我人正坐在便利商店裡面，哭紅的眼睛像死魚眼一樣，喉嚨也乾澀，愣愣地看著白梓齊將一瓶礦泉水遞到我面前。

「喝點水吧！」

我伸手接過礦泉水，礦泉水下一秒卻從我手中脫離，在地上滾著。

白梓齊蹲下身撿起，幫我開了瓶蓋，最後將開口處湊到我的唇上。

見我沒有動作，他扣起我的下巴，動作溫柔的將一口又一口的水灌進我的嘴裡。

「有沒有好一些了？」他問，我點了頭。

隨後我看見他將幾瓶啤酒放在桌上，抬眼看著他，不禁問：「為什麼要買酒？」

「沒有為什麼，就是想喝。」

我看到白梓齊將其中一瓶瓶酒給打開，仰頭喝了一口。

「妳要喝嗎？」他問我，順手將手上的啤酒遞到我面前。

我看著他沒有回答，白梓齊變了，不知道什麼時候學會了用喝酒這行為來解除自己的愁悶，但不管是熟悉的他，或是陌生的他，都令我不禁顫慄。

最後我接過來，唇覆在他飲過的地方，麥味的苦澀滑入喉間，我實在不懂酒有什麼好喝，也不懂為什麼這麼多人會用它來解愁，但要解愁，好像又沒有比喝酒更加合適的方法。

「……好難喝。」我說，卻沒有要把酒還給他的打算。

白梓齊又為自己開了一瓶酒。

「白梓齊，你會怪我嗎？」

「怪妳什麼？」

「怪我什麼都不對你說，甚至打算就這樣隱瞞你一輩子。」我說著，眼前又開始一片模糊，就像是雨水打在玻璃面上一樣，弄糊了我眼前的一切景色。

溫熱的淚水再度滑落，我已經沒有想擦淚的動作，就這樣任憑淚水滑過我的面頰。

「我不怪妳。」他說：「不論妳對我做了什麼事，我都不會怪妳。」

我輕笑著，「白梓齊，不要對我溫柔，我不值得你這樣。」

「妳值得。」說完，他伸手抹去我臉上的淚水。

躲避著他熾熱的目光，我強迫自己再度喝了一口啤酒，難喝、真的好難喝……

「芊甯，如果是芊宥這個原因讓妳躲避我，那我可以接受。」久之，當我喝完一瓶啤酒後，他這樣告訴我。

我看著他，難以言語。

不是的，不是這樣的。

「我可以懂妳看到我的難過，這些日子讓妳這麼為難，我感到很抱歉。」我看著他，目光直接在他的臉上、在他身上每個地方掃著，重新見面後不曾好好的看他，經過兩年的時間，他的臉顯得更成熟了，表情更穩重，白梓齊不再是高中時期的他，而是已經十八歲的他。

「明天太陽升起，我們……就變成陌生人吧。」他說。

不是這樣的，真的……不是這樣的。

他的話刺痛我的心，像針一樣一針一針的扎進去，我抓緊他的衣服，將自己拉近他，不想讓他離開。

明明是自己要求他再也不要見面，怎麼他答應說要當陌生人了，我卻難過的想死？

「兩年前……你到底為什麼音訊全無？你離開就算了，有必要斷絕所有人嗎？」

「因為躲債……我爸的公司突然倒閉，資金周轉不順利，欠了一屁股的債務，不得已只好搬走躲避那些討債的人……」他抿著唇，「跟我爸躲債的那幾個月，我整天將自己關在房間不敢出門，時時刻刻都活在恐懼中，不斷的問著自己是不是會被打？會不會就這樣死了再也見不到你們？我不敢想著好的回憶，只能將自己逼進黑暗中，等待的不是哪天陽光的到來，而是死亡後的解脫。」他抿著唇，唇色偏白，顫抖著。

「還好最後與我媽聯絡上了，趕緊將監護權轉到我媽身上，我才能夠平安回來……」他的手搗在自己的太陽穴，最後揉著自己的眉心，「我爸則是繼續過著逃亡的日子，我應該要恨他的，但最後卻同情起他了……」

當他的手離開他的眉心時，我看到他眼角處的一滴淚水。

不自覺的，我伸出手撫拭那滴淚水，碰觸到他的臉時，白梓齊望著我，神情複雜。

我不知道白梓齊這兩年的時間過得這麼驚險，我以為當年他逍遙的遠離，卻不知道他過的日子是這麼的苦難。

想縮回自己的手，卻在下一秒被他抓住。

「芊甯，妳真的……不想見我了嗎？」他問。

這個問題像炸彈一樣在我心中炸了開來，所有的情緒連同那些過往的回憶同時向我捲來，我淚水又開始流止也止不住，咬著下唇，壓抑著那些差點外露的情緒，我硬逼自己點了頭。

「真的？」他滿臉不敢相信的看著我。

「你不要逼我了……」我哭著說。

他將我朝他拉近，唇緩緩地靠近我的唇邊，我們兩人的氣息交融在一起，濃厚的曖昧氤氳像層薄紗一樣，將我們兩人交纏綁在一起。

我閉上眼睛等待著這個吻，唇上卻什麼也沒有。

緩緩睜開眼睛，白梓齊的臉漸漸的拉遠我們之間的距離

我看得出他在做掙扎，理智與情感之間做拉扯，他又往我的唇靠了過來，可又在即將碰觸的時候退縮回去，我的鼻腔中滿是他的溫熱氣息與他身上形容不出的純淨清香，這清香中甚至帶了一點點剛剛染上的酒味。

現在的白梓齊，宛如一個看似成熟的小大人，但臉上又有著褪不去的青澀稚嫩，是啊！才過了兩年的時光，他外表的變化沒有多大，可這樣的他卻還是足以吸引著我的目光。

不，當他重新出現在我面前時，就已經緊緊抓住了我的目光，但我卻不想面對這樣子的自己，不想承認那依然還存在著的悸動。

手腕上的桎梏已放鬆，白梓齊人退回一開始與我之間的距離，可早已亂了我的心跳，就算拉開了距離也止不住我那因他而奔放的心跳聲，我身上的血液因為他而流動著，我的呼吸因為他而喘息急躁著。

完全是毫無意識的，我將他拉回我身邊，重新觸上他氣息的同時，我的唇貼上了他的唇，感受到他的微小驚訝與身子的僵硬，這一刻我竟然覺得得意。

我還喜歡他。

我閉上眼睛，雙唇壓在他顫抖的唇瓣上。

「是妳招惹我的。」他微微的喘息，呼吸亂了步調。

他一手扣住我的後腦勺，一手捧著我的臉，往我的下唇輕咬著。

我的雙手不自覺的攀上他的肩膀，最後環繞在他的脖子上，將自己的身子更加的往他貼近，任由他的唇在自己的唇上輾轉反覆壓揉，小心翼翼地回應著。

我們不斷的相吻著，吻了又吻，彼此抒發著這兩年對彼此的思念與那些早就濃厚到化不開的愛意。

是啊……我還喜歡著他，我還喜歡他啊……

終章

才短短兩年的時光，根本沖淡不掉這份情感，剪了不斷，理了更亂，我只是不敢承認這份還在的依戀。時間的推移是必然，可情感的轉移卻很難說。

十七歲第一次喜歡的人，這份深深的喜歡揮之不去，永遠都刻在心頭上。

我的淚水流了又乾，乾了又流，在夢中與現實中來回的徘徊，黑暗中一直有著溫柔又穩重的聲音，告訴我他還在我身邊，要我別哭，要我別難過。

我不曉得我哭了多久，在他溫暖的懷裡，就像是在汪洋大海中找到了依靠，深淵中找到了一盞燈，我無法克制我的眼淚，只能緊緊攬著他的手臂哭著，直到失去了意識。

沉重的睜開自己的眼皮，覺得自己的眼皮被那風乾的淚水黏住，好不容易撐起自己的眼皮，卻被眼前白梓齊那放大的臉給驚嚇到。

天色已經轉亮，昨晚在超商喝了酒，情緒崩壞到無法收拾，最後是他將失去理智的我帶回了他的家中。

白梓齊沉睡的臉近在咫尺，眉宇之間緊蹙著，手臂圈著我的腰際，我看著他的臉，昨晚的我為了確認他的存在不停的摸著他的臉，一想到自己毫無矜持並不停與他親吻的我，我覺得好羞愧。

我是個壞人，明明與姜桓誠學長交往，可是我卻背著他與別的男生擁抱接吻。

悄悄的離開他的懷中，我放輕腳步的走進浴室整理，最後拿著自己的外套與手機，離開白梓齊的租屋處。

打開手機，一堆未接來電，包含了懿茹與姜桓誠學長，我想他們一定很擔心我。

滑了訊息，當從懿茹留給我的訊息當中得知姜桓誠學長人在社團教室守了一整夜要等我回來的事情時，我徹底呆愣，回神過來後趕緊拔腿往社團教室奔跑過去。

從門縫望過去，社團的燈是開著的。

我輕輕地開啟門，姜桓誠學長正趴睡在位置上，身上穿的是昨天的衣著，而我的包包正放在他身邊的位置上。

罪惡感如同荊棘快速生長一樣爬滿了我的全身，這些藤蔓刺進我的皮膚中，讓我痛苦不堪。

恐懼感伴隨著緊張感襲捲我全身，我沉重的吐了口氣，放輕腳步的走向他。

「學長。」我輕輕搖著他的身子，沒有多久他突然驚醒，瞪大眼睛看著我。

「芊甯？」他用力抓住我的手，我被他突來的動作嚇到。

「學、學長。」

「妳回來了……」他站起來，將我抱在他懷中，施予一些力道卻又是溫柔的擁著我，「妳終於回來了……」

在他懷中的我忘了掙扎，他昨夜在這邊守了一夜，就是為了要等我回來，就是為了怕我回來的時候找不到他。

然而，昨晚的我心卻在另外一個男生身上，難以忘懷。

「學長……對不起……」我充滿著歉意，可這歉意不是一句對不起就可以勾消。

「回來就好。」他放開了我，疲憊的眼神在我的臉上掃著，最後再度用力抱著我，這次的力道幾乎快要將我揉碎在他的懷中，我隱約察覺他在顫抖。

他在害怕著，害怕失去我，害怕我離開他。

一察覺到他的害怕，我啞然的看著他，這麼一來，我什麼都說不出口了。

「吃了嗎？我們去吃早餐。」他溫柔的對我說，接著將我的包包拿起，牽著我的手離開了社團教室。

他的手緊扣著我的手，我低頭看著交疊在一起的雙手，當初一開始是我主動牽起他的手給予他肯定的答案，願意與他在一起的，可現在我想牽手的對象卻不是他。

已經不再會是他了……

「學長……」我鼓起勇氣，「我有話要對你說。」

「芊甯，什麼都別說，妳在我身邊就好了。」深深凝視我的表情，眼眸中夾帶著一絲絲的悲傷，他的心在哭泣、在難受，因為我昨晚的徹夜未歸。

「對不起。」我苦著臉，酸楚再度湧進我的胸口中，「真的對不起。」說著，我扯回那被他緊牽的手，他呆滯的看著我，我再度說了一次對不起。

我真的是個壞人，真的不值得被他所愛，他是這麼好的一個人啊！我卻這麼狠心的傷害他……

「對不起……」我往後退了一步，視線糊掉，「真的對不起……」

我只能不斷的道歉減緩我內心中的罪惡感。

「對不起……」

「到底是怎樣？妳不要一直跟我道歉！妳跟白梓齊之間到底是怎麼一回事?!」他惱然怒吼，平時溫和可親的姜桓誠學長在我面前暴怒，我的心用力一顫，腦中空白了幾秒，幾秒鐘後，他意識到自己的失常，摀著嘴，擰著眉，唯一不動的是他的目光，至始至終一直停留在我身上。

我抹去淚水，凝視著他，「學長，你罵我吧，罵我你心裡會好過一點。」

「芊甯……」他抿了抿自己的唇，「抱歉剛剛是我失態，我不該對妳兇，沒事的。」他伸手想摸向我，可我後退了一步，這樣後退的行為讓他愣住，他伸出的手尷尬的定格在那。

「學長，我不能跟你在一起了。」我看著他的眼睛，咬著顫抖的雙唇，每一個字幾乎都耗盡了我的每一分力氣一樣，「我無法在心裡還有別人的存在時還跟你在一起……這樣我很痛苦，我也不想讓你痛苦，所以好不好？我們好聚好散……」

「是白梓齊嗎？」他的聲音好冷，讓我不禁打顫。

我點頭承認，「是他。」

「妳跟他……」他似乎耗盡了所有的力氣忍耐著他的情緒。

「他是我高中喜歡的人。」我說出，一字一句都是要那麼用力才能讓自己面對著他，「高中那時候他突然離開，音訊全無，可兩年過去了，我還喜歡他啊……對不起，我還喜歡他……」我的眼淚又開始掉。

「既然妳喜歡他，那妳為什麼要跟我交往？妳為什麼要答應我的追求？」他帶著激動的情緒搖晃著我的身子。

我痛苦地看著他，忍不住悲憤地大喊：「是因為我弟弟！」

他愣住。

我喘著氣，空氣卻稀薄到讓每一次的呼吸都很難受，如同離開水面的魚，痛苦的喘息苟活著，伸手抓著他的衣袖，我繼續說著：「高中時候我們三個人經常在一起，只要看到他的身影我就會聯想到芊宥，芊宥的死一直是我內心深處的痛，這痛我抹不開，我除不掉！我害怕看到他，我甚至不敢見到他！可是當他說他再也不會出現在我面前的時候，我卻心如刀割，我的心好痛……我無法讓他就這樣離開我啊……」

「妳會心痛，那妳有沒有想過我的感受？」

「學長，我知道我對不起你，我也不知道我要怎麼做你才會原諒我……可是我知道，我們不能再這樣下去了……對不起……」我抹去那不停流出的淚水，這徒勞無功的行為可笑的要命，因為過幾秒鐘後我的臉又是滿滿的淚痕，「我想試著喜歡上你，但我真的無法做到……」

姜桓誠學長沉默了一陣子都不說話，用那種心死如灰的黯淡眼神看著我。

我明白這種眼神，他已對我失望透頂。

最後，他對我說：「吳芊甯，妳走吧……是我姜桓誠甩了妳，不要妳了。」他看著我，神情複雜，「若妳過得不幸福，那是妳活該不選擇我。」

丟下這句話，他轉身離開，真的就再也不回頭了。

我的淚水又流了更多，回到宿舍後，我抱頭痛哭著，大哭了卻揮不去這些難過，趕不走這些痛苦，這些負面情緒彷彿在我內心深處紮了根，要我就這樣煎熬悲痛的過一輩子。

我真的不想這樣子，把大家弄得都傷痕累累的。

我真的好壞……

「懿茹，我很壞吧？」

由於我不分青紅皂白的回到宿舍痛哭，嚇到了室友們，冷靜過後我告訴了懿茹我心中的掙扎與矛盾。

我只是想要好好的喜歡一個人而已，我只是選擇了我那位一直住在我心中的人而已……

「妳是不壞，但妳真的該被罵。」她用同情的眼神看著我，摸了摸我的頭，「芊甯，在指責妳之前，妳身邊的人都希望妳能快樂，妳不能被妳弟弟的死綁一輩子的，我曾經告訴過妳，不要因為這個理由逃避白梓齊，如果妳真的要斷絕所有跟妳弟弟有關的人事物，那妳的爸媽呢？妳也要一併斷絕與他們來往嗎？」

我啞然的看著她。

「妳不會，對吧？」她替我說出了答案來。

「我……」我撫上我的頭。

「我其實替妳高興，因為妳想清楚了，妳不再逃避了。」

「但我也傷害了很多人……」我的眼淚又掉了出來。

「別哭了。」懿茹溫柔地抹去我的淚水，「就是因為傷害了很多人，所以妳不可以辜負這些的傷痕，妳要逼自己成長，逼自己勇敢面對，不可以再逃避，懂嗎？」

我抿著唇，鼻酸到極致，眼睛也更加的灼熱。

在這一刻我告訴自己，我不要再讓身邊的人為我擔心，我要為我自己所做出的選擇負起責任，而第一件事情我就是：我決定退出廣播社。

因為覺得自己對不起姜桓誠學長，兩人若碰到面也尷尬，與其這樣，不如不要見面的好，這樣看到彼此也不會回想起這段傷痛。

「都叫妳不要逃避了，妳怎麼還是再逃避？」懿茹得知這件事，很感慨，想對我生氣也無法，只是用無奈的眼神看著我。

「我沒有逃避啊！只是想留點空間給學長，他……應該不會想見到我吧……」我說。

「小姐，那妳要不要乾脆轉系算了？還是轉學好了？」她瞪了我，「從此之後妳走妳的陽關道，他過他的獨木橋，兩個人互相不往來。」

「……」

「跟學長見個面吧！妳不來社團，他可是很內疚的欸……」
「怎麼是他內疚，該內疚的是我吧……」
「妳還敢說！」她敲了我的額頭。
「喔……」
幾天都沒有見到白梓齊了，打電話都進語音，傳出去的訊息也都不讀不回。
我苦惱地看著手機螢幕，不明白此刻的他在忙什麼，但他究竟是在忙？還是故意不跟我聯絡的？我都已經表明說自己喜歡的人是他了，還是他腦袋短路根本就沒有感受到？
趁著下午空堂的時間，我打算往他的租屋處走去，不接我電話，總不可能連家都不會回吧？
沿路過程再度打了幾次電話，前面兩通沒有人接起，等到第三通終於有人接了。
『喂？』
「白梓齊！」我對著手機驚叫，「你在忙什麼啊？為什麼不接我電話？」
另一頭沉默，沒有聲音。
「白梓齊？你是白梓齊嗎？」
『對……學姊，有什麼事嗎？』
……學姊？
他叫我學姊？
停下腳步，我握著手機的力道不自覺地加重，他是怎麼了？
為什麼有陌生的感覺？彷彿他又退回了原地，拉開了與我之間的距離。

但我不要這樣子啊！

「你在哪裡？我現在就想見到你！」我說，每一個字都很用力。

另一頭又沉默了。

我深呼吸，「白梓齊，你可不可以……可不可以不要再讓我找不到你了？可不可以不要無緣無故就消失讓人擔心？可不可以好好待在我身邊不要走……？」

另一頭還是沒有說話。

「白梓齊！」我忍不住朝著手機大吼，「我跟學長分手了！因為你！我無法在心裡還有你的時候跟他繼續在一起，我喜歡的人是你，你有沒有聽到?!」

然而，手機的另一頭還是沉默著，我被他的這沉默給逼哭了，苦楚的酸意湧上胸口，我咬著下唇，眼前的視野全糊了，下一秒我抬起手擦拭眼淚，要自己別再哭泣。

突然間，來自身後溫暖的擁抱將我擁入懷，當我下一秒無意識地想掙脫這懷抱時，那熟悉的嗓音說著：「可以再說一次嗎？」

白梓齊的聲音近在耳邊，他的頭輕靠在我的肩膀，雙手從身後輕輕的環抱著我。

我轉過身，猛然朝他的胸膛打了一拳，「你跑去哪裡了？為什麼不接我電話？為什麼不回我訊息？為什麼都不跟我聯絡？為什麼總是要讓我擔心你啊？」

他輕笑了一聲，將我緊緊的擁在懷裡，看著我的目光漾起了無盡溫柔，「剛剛的話可以再說一次嗎？」

「為什麼不接我電話？」靠著他的胸膛，我聽到了他的心跳聲。

「上上上一句。」

「為什麼不跟我聯絡？」

「這是下兩句話，我要聽上上上一句。」

「我跟學長分手了？」

「再下面三句。」

「……」

「便當姊，妳以前高中總是全校第一名，這是小時了了大未必佳的寫照嗎？」他輕嘆口氣。

我的右手悄悄的伸到他的腰際處，「……我喜歡的人是你。」說完我用力一捏，這是對於他的小小報復。

他的身子明顯顫抖一下，忍不住痴痴笑起，這爽朗的聲音聽入耳中，字字句句都敲響著我的內心。

「我看捏大力一點好了，確保我不是在作夢。」他說。

聽完我環抱著他的腰，墊起腳尖往他的肩膀一口咬下去。

「啊……」他慘叫，我連忙鬆口。

彎著身子摸向被我咬的地方，他揉著，「學姊，會痛啊……」

「痛死你最好！」我伸手捏著他的臉，「為什麼不接我電話也不聯絡我？」

「因為……」他搔了搔頭，「因為我以為妳回到那個人的身邊了……」聽了到這我放開他的臉，啞口無言的看著他，「那天早上妳什麼都沒有說就離開，也沒有留任何字條給我，我就以為……」

他以為。

盯著他，我什麼話都說不出來。

他的手輕撫著我的臉，「剛剛又哭了？」

「還不是都是因為你！我以為你又丟下我離開了……」

此刻，我萬分的想要確認眼前的他是真實的，伸手緊抱著他，藉由這強而有力的心跳聲與溫暖的溫度，讓我相信眼前的人是真的。

是真的。

他人真真切切的站在我面前被我抱住。

「白梓齊，你答應我好不好？不要再莫名其妙消失了，我會難過，你答應我好不好……？」說著，我又想哭了。

「好。」他說。

抬起頭，我盯著他的眼睛，「真的？」

「真的，除非妳趕走我，不然我不會走的。」他的眼眸中溢出了說不盡的溫柔，「妳剛剛求我好好的待在妳身邊，我這才要求妳好好的留在我身邊呢。」

我幾乎破涕為笑，「這是你說的哦。」

「嗯，我答應妳。」他的手輕摸著我的臉，低下頭往我的唇上溫柔一吻。

唇上是他冰冷的雙唇，我撫著他的背，將自己更加貼近他。

然後我又想哭了，這次是喜極而泣的眼淚，讓我感動的掉下淚水。

白梓齊伸手抹去我臉上的淚痕，雙眼直直的凝視著我，最後說：「芊甯，妳能帶我去見芊宥嗎？」

我腦中空白了好一會兒，最後點了頭。

在高中時期，爸媽就很喜歡白梓齊了，隔了多年再次見到他，兩人紛紛驚訝，而後熱烈的歡迎這位對他們來說許久不見的人。

我帶他進入芊宥的房間，他無聲的站在書桌前，經過許久都沒有任何聲音，當我打算離開房間讓他一個人沉澱心情的時候，他拉住了我的手。

「我跟你說過，我會重新回來把你姊追回，我可是做到了。」他凝視著芊宥的照片，眼角落下一滴淚水。

「再來……答應你的第二件事情我也會做到，好好對待她，讓她過得幸福。」他看了我一眼。

我聽到這句話的時候鼻酸了，也忍不住落下淚水。

「可是，兄弟，這些畫面你不是在身邊看到，而是在上面看到的欸……距離這麼遠，這樣你看得清楚嗎？」

我的淚水越來越多，芊宥死亡的悲痛感再度回到我身上，像場悲傷的大雨，好像從來沒有停過的樣子，不斷的下著，將大地濺濕的徹底，只留下哀傷、只留下遺憾。

白梓齊將我攬進懷中，動作輕柔的摸著我的髮，我靠在他的肩膀上，抓著他無聲的哭泣。

他又說了好多好多的話，可我掩不住悲傷，那字字句句的回憶如針刺一樣，針針刺進我那深層的記憶，讓我的胸口隱隱發疼。

事後，他抹去我的眼淚，「別哭了，便當姊這麼愛哭，便當泡水可是不好吃啊！」

「欠揍。」我輕打他一拳。

他牽著我的手走出芊宥房間，正巧被媽媽看到，我原本以為她看到的是我哭紅的鼻子。

「這是——？」

我抹去眼淚，「我沒有哭哦！」倔強的想讓媽媽知道我的堅強。

「對，妳沒有哭，可我不是問妳有沒有哭，我是問你們這雙手。」她目光看著我們緊牽在一起的手。

「就……」我舌頭差點打結。

「阿姨，我喜歡芊甯，我們在交往，妳不用擔心，我會好好照顧她，不會讓她被別人欺負，我也不會欺負她。」白梓齊直接說，無畏懼的樣子讓我有點愣了。

我想衝擊性最大的應該是爸爸了，久久見到面的白梓齊，竟然是他女兒的男朋友。

「你們家現在……？」爸爸他是打算問起白梓齊的家人，當年父親帶著他躲債，瞬間人間蒸發。

「我現在一個人住在外面，跟我爸很久沒有聯絡了，但偶爾會跟媽媽聯絡，一年前是媽媽帶我離開我爸的，所以我現在最感恩的人是她。」

「爸，不要問別人家裡事啦……」我想阻止他。

「妳爸會問是擔心妳，怕妳跟著我吃苦。」

「欸，你講的好像你要娶我一樣，搞什麼？八字都還沒一撇欸！」我摀住他的嘴，不許他再胡亂說話，可這樣子的行為舉止在別人眼裡倒是像在打情罵俏。

「多一個新兒子也好。」媽媽感傷的看著白梓齊，「看到你就想到芊宥，你們也同年，有空就多來找叔叔阿姨聊天。」

白梓齊微笑，眼眸中也是充滿笑意，「我會的。」

我一直記得通往教室的那個樓梯間，陽光斜照在樓梯上，照亮整面地板，而白梓齊當年就是在這用他自以為是幽默的方式來跟我道別。

他離開後，我有好一陣子都不敢逗留在這個樓梯間，每一次的經過都是快速匆忙，這裡有太多回憶讓我不敢停留。

怕一旦停留了，那些過往回憶會向我襲捲而來，而我終究只能因為那追尋不到的人，獨自傷心欲絕。

我從來不知道我這麼愛哭，更不知道當時他的身影早就深刻在我心中，想忘，根本忘不了。

剎那我睜開眼睛，驚嚇般地從床上起身，無意識的四處張望，我抹去了眼角那因為做夢而殘留的淚水。

白梓齊的身影在我夢中遙不可及，明明站在我面前，可是我怎麼追就是追不上。

我經常做這個惡夢，嘗試了很多的方法都追不上他，而他，在夢中總是用他慣有的笑容看著我……

這天假日我與白梓齊約好要一起回以前的高中，也難怪早上我會夢到高中時期，兩年多過去了，我發現這裡的一切都沒有變。

白梓齊人走在我的前方，踏上了樓梯間時，一到陽光正巧落在他的身上，將他身上裹上一層光輝，耀眼的他在踏上最後一層樓梯的時候，轉過身看向我。

「便當姊，妳在發呆哦？」他輕敲了敲我的額頭，我抓住他的手，確認此刻的他不是我幻想出來的虛幻，確認他真的站在我面前的同時，我的表情有點鬆懈了。

見我不對勁，他歪著頭，「妳怎麼了？」

「白梓齊，你知道嗎？高三那一年我很怕走這個樓梯，都是你害的。」我說：「有好多個時候我都在後悔，後悔為什麼當時沒有把你給抓住，後悔……為什麼自己冒冒失失，沒有發覺你要離開的執意？」

白梓齊看著我，沒有說話。

「但若不是你離開的關係，我不會發現我喜歡──」說到這我摀住唇，撇過頭不願看他，「沒事，當我沒說。」

聽到他輕笑的聲音，伴隨著外頭傳進那樹葉摩擦的沙沙聲，他伸手將我那摀住唇的手給拿開，雙手放在我的兩側臉頰上，靠近我，一抹淡淡的微笑浮現，「我現在很想親妳。」

沒有等我回應，他將唇覆上我的唇，綿綿密密的吻著，我閉上眼睛感受著這如同棉花糖般的柔軟觸感。

「你什麼時候喜歡我的？」這個吻結束，我抬頭問。

「比妳想像的早。」

「……騙人。」

「不相信啊？」他挑眉。

「不相信。」

「從哪裡說起好呢？」他親暱的摸著我的髮，慢慢地開始述說：「很久以前，家人都沒有管我而放任我隨便的時候，我真的墮落下去了，我那時候活著，卻覺得徬徨，沒有人管我，在學校老師制式化的管教，可離開學校沒有那些拘束，很自由，卻顯得更加頹廢，覺得自己很沒有用，我知道我爸為我的未來都處心積慮的打理好了，可是我不想過著那樣的人生，但自從遇到了妳，妳對我的關心讓我第一次覺得活著是一件很棒的事情。」他頭靠在我的額上，「真的，很溫暖，妳知道嗎？」

我看著他，心中被好多種情緒給堵塞住，難以開口。

他的手放置在我的背上，小心翼翼的移到我的肩膀，我只覺得一陣溫柔的撫摸，納悶地盯著他的眼睛。

「這個……妳什麼時候好的？」他問。

「……」

「嗯？」

白梓齊是指我高中時期因為教官性騷擾而產生的後遺症，那時候只要有人碰觸到我的肩膀，我會變無意識的縮著身子，用恐懼的表情看著對方。

我對他微微一笑，「我也不太曉得，那位教官被學校趕出去後，某天芊宥叫住我，當下沒有想多的就直接將手放到我的肩膀上，那時候我跟他才意識到這心理病因為教官被學校趕出去的關係而默默痊癒，但是，當初若不是因為你找學姊們一起拍攝影片當作證據，我想教官他應該還逍遙法外，而我，或者是其他的受害者，都還是因為他的關係而恐懼害怕著。」我望進他的眼眸中，他的眼眸清澈的讓我見到了自己的影子，「謝謝你，白梓齊。」

謝謝你，為我做的這麼多事情。

當年你送的這份禮物，讓我好感動。

「愛哭鬼，以後不要叫妳便當姊了，叫妳愛哭鬼。」他溫柔的擦拭我掉出的淚水，牽著我的手，繼續爬著樓梯。

二樓是他與芊宥以前待過的教室，隔著窗戶望進教室裡面，一整排整齊的課桌椅排列著，空盪盪的顯得好安靜。

牽著白梓齊的手，我指著教室裡面，「以前放學期間我都站在這裡等你跟芊宥出來。」

「嗯。」他望著我，表情柔和。

隱隱約約，記憶中那聲放學鐘聲被敲響，學生們起此彼落的騷動聲，有的人快速衝出教室，有的人站在教室外面等著要一起走回家的同學，這些的高中青春歲月，在這短短的幾秒鐘被喚醒。

我好像可以聽到芊宥的聲音，微笑的對我說：「姊，走吧，我們回家。」

而後我們一起走往腳踏車的停放處，兩個人一起迎著風，往回家的方向騎去。

拉回現實，想起這段記憶我覺得好懷念，手不自覺地往教室門口走近，轉了門把，赫然發現教室門沒有鎖上，我放輕腳步的走進教室中，坐在以前芊宥坐過的位置上。

木桌椅的淡淡木香很好聞，我朝著黑板的方向望去，心中想著原來這是芊宥高中時候的視野啊……

白梓齊這時候也在我旁邊坐了下來，他俏皮地看著我，「需要幫忙嗎？」

起先我還不知道這句話所代表的意思，直到他的手彈了一下椅背，我才驚覺他在模仿我們初次講話的那一天。

我愣了愣，他下一句話說：「我覺得……不要窺探別人的隱私會比較好哦……」

聽了我不禁笑了，看著他，「同學，你誤會了，吳芊宥是我弟弟。」

「我知道啊！吳芊宥有一個對他很好，很疼愛他的姊姊。」白梓齊的聲音在這間安靜的教室中顯得更加的柔和，因為他的這句話，我原本藏在眼角的淚水再度掉落。

「然後他也有一個……很愛哭的姊姊。」他抹去我臉上的淚水，揉了揉我的瀏海。

「白梓齊，都你害的，沒事提議說要回高中幹麼？嗚嗚……」我的淚水掉更兇。

「錯過妳的高三年代，錯過芊宥的高二高三，時間很無情，我無力追回，只能來看看舊景，想像著你們在我離開的日子是怎樣過的。」他望著我，「芊甯，妳還記得我曾經問過妳——為什麼會想到要用燦爛這個詞來形容高中這段時光嗎？」

「妳怎麼會想到用燦爛這個詞來形容高中的這段時光？」

「不論悲傷或是難過的成長，又或是喜悅無憂的成長，一定都會是光彩奪目無可取代的，這時光中一定會遇到不少影響你人生的人，有些人或許只是短短相處一兩天，或是一個星期，這都有可能足以影響到你，不是嗎？」

「我覺得每個人都會有一段燦爛時光的，那屬於你的燦爛時光呢？目前有誰影響你了？」

「是妳，是妳走進我的燦爛時光中的，我很幸運可以遇到妳，我是真的這麼想的。」

我愣愣的望著他。

他的答案，遲了兩年後才給我。

我看著他，感動的哭著，也笑了。

「我能夠遇到妳跟芊宥，這真的是一件很美好的事情。」他望著我，「讓我學會珍惜、學會把握機會、學會做好每一件事情，畢竟很多事情錯過就真的是錯過了，無法挽回。」說到這，他抿了唇，停頓了很久繼續說下去：「死亡，不會抹滅一個人曾經存在過的事實，芊宥他其實還好好的活在我們每個人心中，他透由徐徐的風聲在說話、透由清晨的露水在流淚、透由鳥的聲音在燦笑，他真的沒有消失——」彷彿要驗證他口中所說的話，一陣強風突然颳起，拍打著窗戶，匡噹作響。

我跟白梓齊兩人愣然的看著窗外，走廊空無一人，而後彼此相視而笑。

我們一同離開教室，輕輕的關上了教室門，在關上教室門的同時，伴著風聲，隱隱約約好像有個小小的聲音，柔聲的叫了聲：姊。

我微微愣住，清楚的知道是自己聽錯，內心卻又奢望著自己並沒有聽錯……

外頭是豔陽與湛藍的天，我跟白梓齊繞著校園裡的操場走著，談論起高中的過往，這就好像走進了那段過去的時光中，是閃爍的青春，也是無可取代的回憶，更是燦爛無比的時光。

「芊甯。」也不知道聊到哪，他突然叫了我的名字，這好聽的聲音蕩漾出漣漪，漾出的漣漪輕輕震了我的耳膜，我用有點不自然的目光看著他。

「怎麼？」

他停下腳步，我也跟著停下，隨後他握起我的雙手，眼眸凝視著我，「總覺得缺了點什麼……」

「什麼？」

「原來是缺了場正式的告白。」

「啊？」

「吳芊甯，我喜歡妳。」不疾不徐的告白從他嘴裡說出。

此刻彷彿和過去那白靜空間裡的溫柔聲音交疊，那聲保健室的告白再次浮現。

『便當姊，我喜歡妳。』

只是我這次不再是沉睡，不再是作夢，我愣愣地看著他，但因為我都不說話，白梓齊臉上的微笑開始變得有點僵，見到他泛紅的耳垂，這紅像是宣紙上面暈了開的紅色墨水，漸漸地往他的臉頰渲染過去。

我不禁笑了。

「你臉紅了。」不只如此，握著我的手也微微顫抖著。

「我——」他抬起手想遮住自己的臉，卻被我搶了個先，我輕撫他的臉，下一秒鐘臉跟著湊上，不偏不移的貼在他的唇上。

離開唇，我笑著對他說：「我也喜歡你。」

從高二那時候就一直喜歡著，這份情感從來沒有斷過，他就是一直住在我的心裡。

他望著我，輕輕的笑著，我也跟著笑了。

「話說學長他還好嗎？我覺得有點對不起他。」白梓齊搔頭，臉上表情變得愧疚。

我伸手捏住他的臉，「對不起他的人是我，跟你無關，你只是喜歡我，而我……我是決定了要喜歡上他卻違背自己的諾言……」

「沒有，妳也沒有對不起他，妳只是因為忘不了我。」他攬上我的肩膀，目光深情的望著我，像乘載了陽光一樣的暖。

我抬起頭與他相視而笑，緊牽著手走在燦燦陽光下。

高中時期的我們，一起共度了一對美好的燦爛時光，經歷了青春、喜悅、開心、難過、痛苦，甚至是離別。

芊宥雖然離開了我們，但我相信他在天上一定好好的觀望著我跟白梓齊，說不定還會為我們擔憂呢。

如今，重要的人在身邊，該是好好的珍惜彼此，讓現在以及未來的我們迎向更加燦爛的時光。

番外　那年的約定

在海邊，芊宥因為堆沙堡而吃了不少沙，忍著嘴中噁心的異物，抬眼卻看到梓齊湊身往自己姊姊芊甯的臉頰吻上去。

見到這畫面的時候他愣住，這是怎樣？

隨後梓齊拿著一小瓶的生理食鹽水來找芊宥，「芊宥，可以幫我沖眼睛嗎？」

他接過，「……你喜歡我姊啊？」

梓齊倒也不否認，「很明顯嗎？」

「廢話，剛剛那爛死了，不過因為是我姊，你就算用這種方式她也不會察覺到的，要的話就直接告白。」

「嗯哼……」梓齊撐起自己的眼皮，讓芊宥沖著水，好不容易眼睛真的有比較舒服了。

「嗯哼這是什麼回答？你沒有打算要讓我姊知道嗎？」

「目前沒有囉……」

「為什麼？」芊宥一臉不解。

「就……你可不要告訴你姊啊！過不久後我就要離開學校了。」梓齊講到這件事情，眼神黯淡無光，他也不想這樣子就離開這裡。

從小到大因為父親工作的關係不斷搬家，在每一間學校走走停停，有時候最短才待兩個月，最長待一年，這樣子的生活他早就習慣了，習慣身邊朋友的替換率，習慣要適應新環境的自己，可明明已經習慣了這些，這一次的他卻覺得不捨了。

「離開學校？」

「前幾天看到我爸的手包紮成一大包回來，討債集團找上公司，你知道我爸開公司的，短短幾天所有的資金全數被投資方撤走，即將面臨倒閉，估計不久就會找上我們家了，雖然我討厭我爸，但不得不走啊！」

芊宥微微蹙眉，轉身看向芊甯的方向，她正眺望著海的方向，一點都沒有發覺此時身後的兩個男孩正背對著她說起悄悄話來。

「之後有機會回來找你們，我再把你姊追回來，我說到做到。」梓齊的眼神堅定，讓芊宥愣了愣。

「若你們交往了，好好對她，她雖然成績好，但感情方面就是笨笨的，你可能會很辛苦。」

「哈哈，她是你姊欸！你怎麼這樣說她？」

「我說的只是實話。」芊宥搔頭，「唉，不過不要說什麼有機會回來找我們，是你一定要回來找我們啊！。」

他笑了，笑容很深，「我說到做到。」

然而，隨著離開的日子越來越近，梓齊越來越難以對芊甯開口，他沒有想到自己這麼喜歡這個女孩，他不知道要用什麼樣子的表情開口。

某節下課，梓齊告知教室的班上同學們說他過幾天要休學，休學程序已經辦妥。

芊宥一臉擔憂，「你還沒跟我姊說你要走嗎？」

「還沒，不過你不用擔心，我會找天跟她說的。」雖然是這麼回答，但他並沒有任何的把握。

獨自在房間裡想了好久，抹去眼角悄悄落下的淚水，他想了一個……連他自己都覺得有些爛的方式。

這麼爛的道別方式，讓芊甯滿臉不解，她以為他只是要早退，不明白他言語所代表的意思，更不懂為什麼要突然給她一個擁抱。

「給妳個打氣，降緩妳的緊張，便當姊，再見啦！」他忍著心中的悲傷難過，撐起燦爛的笑容，朝芊甯揮著手。

「今天我回家你死定了！」女孩什麼都沒有發現。

是吧？這樣的道別是不是瀟灑多了？

轉身過後，他咬著下唇，開始掉淚，一步一步的往校門口走去。

好不捨，好難過，好想一直留下來……

便當姊，我準備的禮物，妳喜歡嗎？

為了拍攝這影片，我直接找上了之前在巷子裡面抽菸的那位學姊，也從她口中認識到其他同樣受害的學姊。

因為我要用我的方式來幫妳，我要將妳、以及其他受害者給解救出來。

而妳最後有被我解救了嗎？

離開後，梓齊將所有的聯絡方式都停掉，開始過著膽顫心驚的生活，每天他都將自己關在房間裡，阿姨跟爸爸也足不出戶。

終於在某天爸爸聯絡上了媽媽，而媽媽將他接了離開，他才從這樣的日子中解脫。

沒有忘記當初與芊甯的約定，雖然也納悶為什麼芊甯的手機成了空號，但想起芊甯這位他還喜歡著的女孩，他上網查詢，找到了她考上的大學，準備再次用學弟的身分走近她。

因為想再次見到她，梓齊他埋在參考書中苦讀，就為了跟她上同一間的大學，最後也如願以償。

在社團博覽會的那天，每個攤位他都巡視過，手上也被塞了一堆社團傳單，當走近廣播社的時候他想起了芊甯當時所說的話，腳步不自覺地走近這攤子。

「學弟你好！歡迎加入廣播社哦！這是我們的宣傳單。」一位熱情的學姊給他一張宣傳單。

「謝謝。」他說，這聲音引起學姊的注意。

這位學姊抓住他的手臂，驚訝的看著他，「學弟就是你！有沒有人說你的聲音很好聽？」

他愣了愣，「是有……」

「那你要不要加入廣播社？」

「……是可以。」

當然，他自己也沒有想到當得知道這屆廣播社社長的名字時，心中有多麼的激動。

他終於，找到她了。

（全書完）

要青春68　PG2437

要有光
FIAT LUX

遇見你的燦爛時光

作　　者　倪小恩
責任編輯　喬齊安
圖文排版　周怡辰
封面設計　央　薇
封面完稿　王嵩賀

出版策劃　要有光
發 行 人　宋政坤
法律顧問　毛國樑　律師
印製發行　秀威資訊科技股份有限公司
114台北市內湖區瑞光路76巷65號1樓
電話：+886-2-2796-3638　傳真：+886-2-2796-1377
http://www.showwe.com.tw
劃撥帳號　19563868　戶名：秀威資訊科技股份有限公司
讀者服務信箱：service@showwe.com.tw
展售門市　國家書店（松江門市）
104台北市中山區松江路209號1樓
電話：+886-2-2518-0207　傳真：+886-2-2518-0778
網路訂購　秀威網路書店：https://store.showwe.tw
國家網路書店：https://www.govbooks.com.tw
總 經 銷　聯合發行股份有限公司
231新北市新店區寶橋路235巷6弄6號4F
電話：+886-2-2917-8022　傳真：+886-2-2915-6275

出版日期　2020年7月　BOD一版
定　　價　300元

Printed in Taiwan

國家圖書館出版品預行編目

遇見你的燦爛時光 / 倪小恩著. -- 一版. -- 臺
北市 : 要有光, 2020.07
面 ;　公分. -- (要青春 ; 68)
BOD版
ISBN 978-986-6992-47-6(平裝)

863.57　　　　109006391

讀者回函卡

感謝您購買本書，為提升服務品質，請填妥以下資料，將讀者回函卡直接寄回或傳真本公司，收到您的寶貴意見後，我們會收藏記錄及檢討，謝謝！
如您需要了解本公司最新出版書目、購書優惠或企劃活動，歡迎您上網查詢或下載相關資料：http:// www.showwe.com.tw

您購買的書名：______________________________

出生日期：________年________月________日

學歷：□高中（含）以下　□大專　□研究所（含）以上

職業：□製造業　□金融業　□資訊業　□軍警　□傳播業　□自由業
　　　□服務業　□公務員　□教職　□學生　□家管　□其它_____

購書地點：□網路書店　□實體書店　□書展　□郵購　□贈閱　□其他

您從何得知本書的消息？

□網路書店　□實體書店　□網路搜尋　□電子報　□書訊　□雜誌
□傳播媒體　□親友推薦　□網站推薦　□部落格　□其他__________

您對本書的評價：（請填代號　1.非常滿意　2.滿意　3.尚可　4.再改進）

封面設計____　版面編排____　內容____　文／譯筆____　價格____

讀完書後您覺得：

□很有收穫　□有收穫　□收穫不多　□沒收穫

對我們的建議：______________________________

____

____

____

請貼
郵票

11466
台北市內湖區瑞光路 76 巷 65 號 1 樓
秀威資訊科技股份有限公司 收
BOD 數位出版事業部

（請沿線對折寄回，謝謝！）

姓　　名：________________ 年齡：________ 性別：□女　□男

郵遞區號：□□□□□

地　　址：____

聯絡電話：(日) ________________ (夜) ________________

E-mail：____